大魔术师系列

死亡与魔术师

[英] 汤姆·米德 著   许言 译

上海文化出版社

图书在版编目(CIP)数据

死亡与魔术师 / (英)汤姆·米德著 ; 许言译.
上海 : 上海文化出版社, 2024.11. -- (大魔术师系列
). -- ISBN 978-7-5535-3091-8

Ⅰ. I561.45

中国国家版本馆 CIP 数据核字第 2024WP4635 号

图字：09－2024－0317 号

出 版 人：姜逸青
责任编辑：王皎娇　董申琪
装帧设计：张擎天

书　　名：死亡与魔术师
作　　者：汤姆·米德
译　　者：许言
出　　版：上海世纪出版集团　上海文化出版社
地　　址：上海市闵行区号景路 159 弄 A 座 3 楼　201101
发　　行：上海文艺出版社发行中心
　　　　　上海市闵行区号景路 159 弄 A 座 2 楼　201101　www.ewen.co
印　　刷：上海盛通时代印刷有限公司
开　　本：889×1194　1/32
印　　张：7
版　　次：2025 年 1 月第 1 版　2025 年 1 月第 1 次印刷
书　　号：ISBN 978－7－5535－3091－8/I.1191
定　　价：49.00 元
告 读 者：如发现本书有质量问题请与印刷厂质量科联系　T：021－37910000

献给我的妈妈、爸爸

同样，谨以此书纪念约翰·迪克森·卡尔

（1906—1977）

魔术与奇想

——欧美古典不可能犯罪的继承人

文/孙沁文

卡尔的追随者

众所周知，爱伦·坡的《莫格街凶杀案》开创了"密室杀人"这一经典题材。然而，若要追溯是谁真正奠定了"不可能犯罪"在侦探小说史上那不可动摇的地位，我想，英国作家 G.K.切斯特顿是一个绕不开的名字。大名鼎鼎的"布朗神父探案"系列涵盖多种"开山立派"的诡计类型，让"不可能犯罪"开拓出更广阔的空间。因此称切斯特顿为"不可能犯罪"的鼻祖也不为过。

英国侦探小说的不可能犯罪史可谓底蕴深厚。除了切斯特顿，还有罗纳德·诺克斯的短篇名作《密室行者》，伊斯瑞尔·冉威尔的长篇杰作《弓区大谜案》，德里克·史密斯的《召唤恶魔》，以及约翰·斯拉代克的《无形的绿先生》等数不胜数的优秀作品。乃至影视界亦有探索此类题材的作品，如专门以破解不可能犯罪为主题的英剧《幻术大师》，均为这一主题的扩展贡献了新的想象力。

不消说，英国"不可能犯罪"有着很好的底蕴和土壤。在这样的背景下，侦探小说新星汤姆·米德脱颖而出。米德是一位古典推理小说的狂热爱好者，尤其偏爱欧美黄金时代的作品。在米德八九岁的时候，读到了一篇"密室之王"约翰·迪克森·卡尔的短篇小说，被其中的超现实氛围和逻辑巧思深深吸引，由此喜欢上这类故事，之后他的阅读就聚焦在"密室"与"不可能犯罪"的海洋里。在大学，米德选择了创意写作专业，毕业之后更是对写作得心应手。起先撰写过不少侦探小说评论研究类的文章，也发表过一些短篇小说。直到 2022 年，他的第一部长篇小说《死亡与魔术师》正式出版问世。

要说对汤姆·米德影响最深的作家，那无疑是前文提及的约翰·迪克森·卡尔，这位一生设计出五十多种密室的作家，是黄金时代三大家之一，也是当之无愧的"密室之王"。用米德自己的话说，卡尔的作品极具创新性，能激发无限的想象力，这是在阅读其他作家的作品时所没有的体验。值得一提的是，对卡尔影响最深的作家，又恰恰是 G.K.切斯特顿。因此，从切斯特顿到卡尔，再从卡尔到米德，我们可以看到一种创作"不可能犯罪"的传承。

优秀的作品亦是不分国界的。除了欧美作品之外，米德也热爱日本的推理小说，对鲇川哲也的《红色密室》和横沟正史的《本阵杀人事件》赞不绝口。同时，《死亡与魔术师》在日本出版后也受到了日本读者的好评，登上日本 2023 年度"这本推理小说真想读！"海外榜第二十名。如今，《死亡与魔术师》在中国首次出版，相信也能获得中国推理迷们的青睐。

以布局取胜

《死亡与魔术师》是一本典型充满黄金时代气息的本格推理小说。全书共包含三起不可能犯罪事件。以谜团来概述的话，分别是房门受到监视的密室中发生杀人事件；家中的名画在众目睽睽之下消失；密闭的电梯中凭空出现尸体。而相比大部分黄金时代作品的慢节奏叙述，本作体量较大，阅读节奏也更为明快。

读完本书，你就能知道米德对卡尔的景仰不是一星半点。字里行间处处都有致敬卡尔的影子。三起案件中，作者花费笔墨最多的便是第一起书房密室杀人案，这也是本作最核心的谜团。在密室谜面的呈现上，书房密室和卡尔的代表作《三口棺材》有着异曲同工之妙，同样是房门受到监视，同样有目击者见到可疑之人进入过房间……你甚至觉得那位熟悉的"密室之王"又回来了。随着故事的展开，作者还专门在某一章节让主人公引用《三口棺材》中的"密室讲义"来探讨眼前的密室难题。汤姆·米德列过一个他自己的"不可能犯罪"小说 TOP10 榜单，排在首位的正是《三口棺材》。我们知道，创作的原动力就是热爱。这或许就是一部传世之作的诞生意义。

除了书房密室，故事后期的电梯密室更让整场不可能犯罪盛宴达到高潮。不知道是不是欧美作家都对电梯这个场景情有独钟，詹姆斯·亚飞的《电梯陈尸》，威廉·克劳恩的《桑塔纳博士的不可能事件》，罗杰·斯卡莱特的《安琪尔家的命案》等都是以电梯作为密室杀人的舞台。想来也是，升降过程中的小小电梯本身就自带"密闭"属性，把它作为物理上难以出入的空间来实施不可能犯罪再合适不过了。这次，米德也向前辈们致敬，在电梯内表演了一个"大变活人"的魔术，只不过变出来的不是活人，而是一具被谋杀的尸体。

很多创作不可能犯罪的作家，对于侧重故事还是侧重诡计很难把握。但有一些技法娴熟的创作者，往往就能找到故事和诡计之间的平衡点。卡尔就是这样的天才，而我们的米德自然也习得卡尔真传。米德笔下的不可能犯罪，注重故事和诡计的关联性，胜在能够把控好全局结构，让情节和诡计相互服务，相辅相成。在看到侦探揭开所有真相时，这种"布局精妙"的感觉异常强烈。三起看似独立的不可能犯罪又是如此环环相扣，尤其是书房案中的某个高明设计，令人难以相信本作竟是米德的长篇处女作，不禁要为其竖起大拇指。

汤姆·米德就是一个能让读者一秒梦回黄金时代的作者。《死亡与魔术师》中包含了熟悉的"挑战读者"环节，显然作者也十分注重线索的公平性。在读到所有不可能犯罪的解答时，即便读者未被某个单一的诡计所震撼，也一定会被前文精心铺陈的情节和心理误导所折服。

魔术师侦探

魔术与不可能犯罪有着极为相似的地方，本质上都是展现奇迹。在人们的印象里，一个精通魔术技巧的人，势必能看破所有不可能犯罪。推理史上不乏魔术师侦探的形象以及和魔术相关的故事。其中最著名的要数克莱顿·劳森笔下的马里尼。以魔术师马里尼为主人公的长篇小说《死亡飞出大礼帽》也是汤姆·米德的TOP10榜单之作。

除了作家的身份之外，米德也是一位魔术爱好者。但米德表示自己并不愿意亲自表演魔术，而是更热衷于将魔术精髓展现在小说里。和劳森一样，米德也塑造了一位自己笔下的魔术师侦探——约瑟夫·斯佩克特。米德并没有过多地描写这位主人公的出场，仅仅用一句"他正在摆弄一副扑克牌"一笔带过。但随着故事深入，斯佩克特的形象逐渐清晰起来——典型的魔术师行为模式，时不时在解说案情前卖一些小关子，甚至表演一两个小魔术制造悬念、烘托气氛。而在关键时刻，又能三下五除二地看破诡计，揪出真凶。斯佩克特身上有一些马里尼和英剧《幻术大师》中那位魔术道具师的痕迹，但也有属于自己的特质。

米德也擅长将一些魔术原理，尤其是心理层面的东西融入到作品内。这种融入不单单是指在设计不可能犯罪时添加了魔术元素，也包括将某些"障眼法""隐藏技巧"等渗透到小说的叙述中，成为米德的一招秘密武器。

因此笔者认为米德的作品在吸引推理迷的同时，或许也能吸引一些魔术爱好者。如果你喜欢《幻术大师》或日剧《圈套》，说不定也会喜欢这本《死亡与魔术师》。

《死亡与魔术师》是"大魔术师系列"的首作，目前米德已经完成该系列的第三部长篇小说。作为一名不可能犯罪爱好者，笔者也迫切希望米德后续的作品能够早日出版。

目录

第三部分　冒牌货的故事

插曲　敬告读者

主要登场人物

第一部分
小偷的故事
（1936 年 9 月 11 日）

在剧场里，你要想成功，就要足够引人注目。

————萨拉·伯恩哈特《追忆人生》

第一章　灼烈的气氛

1936 年 9 月 11 日　周五

在石榴剧院内，人的怒火正如油灯的灯芯般灼烈燃烧着。

"你见过我的耳环吗？"露西·利维问道，而舞台工作人员只是呆呆地望着她，却不回答。

利维小姐叹了一声，继续往前走。她绕着整个后台转了一圈，之后弯腰跑到横梁底下，在挂戏服的推车之间转来转去。她眨着暗沉的眼皮，噘起粉色的娇唇，却怎么也找不着耳环的踪影。

这是《死亡小姐》首演前的最后一次试演，现场的气氛紧张得如同紧绷的琴弦。利维小姐饰演的是女二号，她在过去的两周里一直努力保持镇定，而首演的日子在不断临近。可她现在找不着耳环了。

露西从舞台的侧翼大步走到舞台中央，脚下的高跟鞋在光秃秃的木地板上踩得咚咚响。

"德拉，如果你敢偷走我的耳环……"

"小心！"有人在舞台的侧翼喊道，是本杰明·提塞尔。露西差点一头跌入敞开的活板门里。她及时刹住了，一只脚还悬在半空中。

"哎，差点出大事。"另一个人说话了。只见两个人分别从两侧走来，提塞尔为了彰显自己的权威而穿着绿色的猎装外套。另一个人年纪稍长，穿着一件深红色丝绸衬里的黑色斗篷，看起来有些

3

夸张。

利维小姐稍作镇定，朝着提塞尔眨眨眼，又转向另一个男人："你是谁?"

"露西，要有礼貌，"提塞尔责备道，他就喜欢装作一副学校教师的样子教育别人，"这位是约瑟夫·斯佩克特。"他说话的语气，好像她应该早就听过这位老人的名字似的。

"幸会。"斯佩克特露出了惨白的微笑，仿佛来自过去的时代。他在斗篷下穿了黑色天鹅绒的西装，带着一种属于十九世纪九十年代的往昔光彩。他满是皱纹的脸如同揉皱的信纸，但他那双深邃的蓝眼睛是她见过颜色最淡的蓝眼睛。他的步态和衣着看起来像是一个年迈的老头，声音却听起来很温和，带着某种天真的感觉。露西心想，即使他犯下了什么罪行也不会遭人怀疑。

他解释道："我们正在调试第三幕的舞台效果，劳烦你先行离开舞台。"露西·利维还在喘气，耳环也没找到，只好一言不发地走下舞台。但她还没来得及走远，就听到两人在低声交谈。

"我的天，"提塞尔咕哝道，"我发誓总有一天要动手杀了她。"

"她不过是情绪激动而已。再说了，你由着她好了，可能都不劳你亲自动手。"斯佩克特说着，跪在打开的活板门旁边。"一切都准备好了?"他问道。

"准备好了，先生!"活板门底下有人回答道。

斯佩克特微微一笑，向提塞尔眨了眨眼睛："让我们看看效果如何。"

先是一阵短暂的停顿，接着活板门里才静静地冒出一个可怕的蜡像。蜡像有一张阴森恐怖的脸，正观察着空荡荡的观众席，扭曲的双手像是要伸手抓人。

"效果不错，"斯佩克特说，"但我们也许要让它出来得更快一点。"

　　"我看着挺好。"提塞尔说。

　　"本杰明，必须让它一下子蹿出来，我希望座位上的观众吓得叫起来。或许应该往机械装置里多上点油？"

　　"没时间了，我们要让德拉上台排练第二幕独白了，她人呢？"

　　约瑟夫·斯佩克特颇有风度地走向后台。他从口袋里掏出一个烟盒，里面装着十支细长的黑色小雪茄。他抽出一支，咬在嘴里点燃，朝着满是霉味的空气中吐出一缕芬芳的烟雾。在后台迷宫般的走廊里，露西·利维正站在昏暗的角落里看着他。她偷偷地观察着这位"约瑟夫·斯佩克特"。

　　他的真实年龄难以辨认。在不同的光线环境中，说他是五十岁到八十岁都有可能。像所有魔术师一样，他也擅长要障眼法。她虽然不知道他的真名叫什么，但绝不是"约瑟夫·斯佩克特"，这只是他在戏院表演魔术时的化名。虽然十多年前他就不再登台表演，但一直努力不让自己著名的戏法失传。

　　他走向剧院的后门，门卫微笑着掏出钥匙开门，随着一阵叮当声，他就从后门走到了小巷里。露西紧随其后，但没有像他那样立即穿过门。相反，她看了看门卫，把手指放在嘴唇上，做了个不容置喙的手势，然后把门缓缓拉开一条缝，探头张望。她瞥见了德拉·库克森正在门外，有些滑稽地坐在一个垃圾桶上，身上还穿着戏服。

　　"德拉，"斯佩克特说，"你在这里干什么？"

　　这位明星对他笑了笑："我总得有个去处，不是吗？"

　　就连露西也得承认，德拉·库克森确实长着一张明星脸，无论是弯弯的黛眉，还是面颊的酒窝，她的一颦一笑总能牵动他人的万千情绪。她有一头乌黑的秀发，衬托着一副娇容，让她看起来像是从相片中走出来的一样。虽然身材娇小，但她的举止和表情却充满了活力，展现出一种超凡的存在感。

不过，就和许多艺术家一样，她也会周期性地陷入情绪的低谷，有时一连几周都无法正常演出，她也因此而闻名。今天，她看起来病恹恹的，皮肤苍白，嘴唇深红，就像一名日渐消瘦的结核病患者。

"戏还没开演呢，"她说，"他们就已经把我们钉在十字架上了。"她举起一份报纸，标题只有寥寥几个字：**俗不可耐的闹鬼表演。**

"我没想到你还会在意这种事，德拉。"斯佩克特说。

"你说得倒轻巧。他们抨击的可不是你，对吧？"

"要知道，"斯佩克特接着说，"整场表演是建立在我的手法和幻觉之上的。对我来说，这些都是我的心血，我为此付出了很多年的努力。"

德拉朝着他苦笑了一下，转移了话题："约瑟夫，我一直很好奇，你到底多大年纪？"

"哦，我活了至少五百年了。我清楚地记得西班牙无敌舰队的事，把我的十岁生日给毁了。"

德拉出于礼貌地笑了："你们这些魔术师，说话就喜欢故弄玄虚，对吧？"

"没错，这就是提塞尔雇我来的目的。他需要的正是故弄玄虚。《死亡小姐》的确是一个可怕的故事，所以才需要迄今为止最精巧的场景来展现。因此它也最适合在这种地方上演。新翻修的剧院多么适合布置各种角落。如果本杰明不能用这样的演出来吸引观众，那没人能做到了。"

"真不愧是本杰明·提塞尔，"德拉不加掩饰地嘲讽道，"他为什么派你来这里？我还以为这次排练缺不了你呢。因为你的那些个怪物们会从地板下面跳出来。"

"也许两个月前我还很重要。但可以说，我在这几天里意识到了自己有些多余。"

"看到别人表演你的魔术，这种感觉一定很奇特吧。"

"用'超乎真实'这个词可能更恰当。但也并非完全没有乐趣。毕竟，我的手法还是成功的。这已经很厉害了，对吧？"

德拉拿出便携酒壶，喝了一口："要来一口吗？"

斯佩克特从她手中接过酒壶："这是什么？"

她耸耸肩："事实上，我尽量不去想里面装了什么。"

斯佩克特犹豫了一下，最终他的好奇心占了上风："那我不客气了。"他喝了一小口。酒精灼烧他的喉咙，一路烧到了食道里。他剧烈地干咳了一下。"真烈。"他说。

德拉笑了："好了，约瑟夫，别告诉其他人，好吗？我指的是酒。这只是首演前用来缓解紧张情绪的。等我们正式演出我就不喝了。"

斯佩克特对她笑了笑，没有作答。他匆匆道别，快步离开，把剧院甩了身后。距离表演正式开演只剩几个小时，即便他不在现场，一切也会照常推进的。他最后望了一眼剧院前厅上方的广告牌（德拉·库克森主演的《死亡小姐》），便消失在河岸街的行人之中，成了又一个灰色的小点。他在凛冽的秋风中竖起衣领，缓步向圣马丁教堂走去。

露西·利维的嘴角露出一丝微笑，她缓缓关上了剧院的后门。

第二章　死亡小姐

此时正值傍晚时分，整座伦敦城笼罩在一片昏暗之中。里斯家的宅邸位于多里斯山，书房窗外的天空染上了怪异的紫红色。安塞尔姆·里斯医生坐在书桌前飞快地做着笔记，病人 A 则躺在房间另一侧的皮质沙发上，目光盯着带有吊顶雕花的天花板。他正在讲述着自己的经历。

"突然间，我发现黑暗中有一双眼睛正盯着自己。我躺在床上动不了，呼吸急促，身体僵硬。门轻轻地打开了，一个黑色的身影飘进了房间里，站在了我的床脚边。我用余光瞥了一下，拼命想看清那是什么东西。"

"你看清了吗？"里斯医生言语间带着一丝轻微的口音。

"是我的父亲。"

里斯点点头，和他想的一样。

"不知怎么，他看起来和平时不太一样，有点像幽灵。"

"你的父亲——我是说你现实中的父亲——他还健在吗？"

"嗯，虽然我好几个月没有见过他了，但他还活得好好的。"

"你操心过他的身体情况吗？"

"我觉得没有。在梦里，他就站在我的床脚边，眼睛死死地盯着我。他身上穿着一件僧侣的长袍，我感觉自己仿佛躺在祭坛上，马上就要被宰去给某位邪神献祭了。"

"然后呢?"

"他伸出手扯开长袍,裸露出自己的胸膛。我——"病人A停顿了一下,似乎在控制情绪。他似乎快要讲不下去了。"——我才看清他身上怎么了。"

里斯医生看着病人A,等待他说下去,手中的笔悬在了半空中。

年轻人继续说道:"他整个胸腔变成……一张嘴巴,胸口像一对颚一样向两侧张开,我可以看到两排白森森、锋利的牙齿。我往他胸口的深处望去,按理说是心脏的位置,但我却看到……一条舌头。"

病人A没有说下去,眼中含着泪水。

"然后你醒了?"里斯追问道。

"没有。但是我说不下去了。"

"我理解你的心情。今天就先到这里吧。不过,我对于你梦里的意象有一些分析。"

"爸爸!"

病人A突然站了起来。

"谁?"他叫道,"是谁在说话?"

"是我女儿利迪娅,"里斯医生说道,"她就在楼上。"他大步走到门前,打开门对着走廊喊道:"怎么了,利迪娅?"

"马库斯到了,"对方答道,"我刚在拐角看到他的车子。"

"来了,"里斯医生说着,转向病人A,"明天给我电话,我们继续今天的话题。我先给你再开点安眠药。"

"我倒还没见过你的女儿。"病人A恍惚地说道。

"是的,她目前不接诊病人。但她对于精神病学方面很有想法,

9

现在在给《新政治家》杂志撰写连载文章。"里斯说着，俯身朝向书桌，在便笺上快速写下了一份处方单。他撕下单子，递给年轻人。

"我可以从落地窗离开吗？"病人 A 冒昧地提议道。

"当然可以，我明白，"里斯医生说，"你不希望别人知道你来过这里。过来，我帮你打开。"说完，年迈的里斯医生大步走到落地窗前，从便服夹克的口袋里掏出一把钥匙。他打开落地窗的锁，让病人走去花园里。落地窗外是狭窄的石头台阶，走下台阶便是一片土质坚硬而荒芜的花坛。

病人 A 并不如他看起来那样年轻。他那双淡蓝色的眼睛中透露着一种厌世的疲倦感。他把胡子刮得干干净净，衣着却很随意，穿了一件不合身的斜纹软呢西服，在肚子的地方显得皱皱的。他是一名职业音乐家，是爱乐乐团有史以来最出色的小提琴家之一。因为之后还会再提到此人，在此不妨先介绍他的真名，他叫弗洛伊德·斯滕豪斯。但在此刻，弗洛伊德带着扰人的噩梦和处方单匆匆穿过花坛，从宅邸的后门离开了。

他沿着多里斯山路前行，走路的样子有点别扭。当然，路人若是和他擦肩而过，都会以为他是那种古怪滑稽的英国人。他的容貌充满了个性，而且他的眼距很窄，眼神看起来智慧深邃。不过，他走路看起来别扭的真正原因，是他的风衣口袋里揣着一件有分量的东西。他把手伸进口袋里，握住了冰冷的把柄。这是一件战争的遗物，是他叔叔送给他的礼物——一把左轮手枪。

多里斯山是一处位于郊外的富人住宅区，在蜿蜒的街道两旁，爱德华时期风格的房屋整齐排列，树篱郁郁葱葱。里斯宅邸由坚固的红砖砌成，意大利风格的房屋正面，是用华美的石砖装饰的外角，以及三排白框垂直推拉窗。从街边沿着石阶往上走，便是宅邸的正门。这里和里斯医生过去在维也纳的家相比，颇有些相似之处。

五个月前，安塞尔姆·里斯一到英国就在伦敦西北部开业了。他在维也纳度过了大半辈子，但出于个人和政治原因，他只好忍痛做出移民的决定。如今他年事已高，患有严重的牙病，视力也在逐渐衰退。但是他的头脑依然清晰，机智敏捷，对于外出着装的优雅品位也不减当年。他很快就跻身了伦敦上流社会。

在今年的二月底，他乘坐壮丽号轮船从南安普敦码头登岸。当时的他头戴礼帽，身着燕尾服，十分神气地走下了船。他最心爱的宝贝女儿利迪娅就在他身旁，与他相互挽着。

他们一踏上英国的土地，迎面而来的就是记者的闪光灯。利迪娅很上照，一头乌黑的秀发，齐脸的波波头发型，发梢拳曲。她脖子上挂满了珠链，偏爱穿着男式斜纹软呢服装，又外搭柔和的皮草来中和。她脸庞的皮肤紧致，身上有种好莱坞女星般的活泼劲，说话时却充满了柔情，带着一种慵懒的吐字方式。

对于英国人而言，里斯医生本人的魅力毫不逊色于他的女儿。他曾明确表示，自己不打算再接诊病人。可不到一个月，他就食言了。事实上，他接诊了三个病人：两男一女。病人的身份都得到了严格保密，以至于八卦报纸为此开出了高价。在里斯医生的笔记本里，他仅用病人 A、病人 B、病人 C 来代称他们。当然，即便利迪娅没有见过他们，她也知道他们的真实身份。说实话，她的口风可是非常紧的。

里斯医生关上并锁好落地窗。房间里只有一股淡淡的汗味，散发着恐惧的气息。此外，病人 A 没有留下任何到访的痕迹。当里斯医生转身朝向屋内时，惊愕地发现利迪娅站在门口，双手叉腰。

书房位于宅邸的背面，是一个宽敞的方形房间，在挑高的天花板上，水晶吊灯照亮了整个房间，地上铺着土耳其地毯，书架上摆满了皮面装订的书籍，有各种语言的名著，也有专业的医学书，品相都完好如初。书房的装饰朴素，有一股老房子的霉味，仿佛很久没人在这里待过一样。书房里有一张上了清漆的简约风书桌，有一张卧躺式沙发，上面放着几个天鹅绒的枕头，是给病人用的，旁边还有一个灰色的石砌壁炉。在最角落的地方，放着一个大大的柚木行李箱。站在书房的任何地方，都能感受到箱子的存在。箱子宛如一口棺材似的放在角落，微微散发着阴森的气息。

"你还没换好衣服。"利迪娅说。

"我换好了。"

"可我们要去剧院看戏。"

里斯医生叹了口气。"我完全忘了。"

"那你最好快点，马库斯已经到了。不管你去不去，我们十五分钟之后就出发。"

虽然时间紧迫，但他们还是准时出发了。里斯医生身着晚礼服，理了理领结，踉踉跄跄地走下楼梯时，刚好离出发时间还剩一分钟。

"先生，晚上好。"马库斯·鲍曼说。

里斯医生上下打量了一下这位年轻人。他又高又瘦，穿着细条纹西装，打着花哨的红色领结，活像只红蜘蛛似的。他留着电影明星式的小胡子，乌黑的头发梳得油光锃亮。他的眼睛湿润，眼神很老实，像小狗的眼睛。

这个怪异三人组一起走向鲍曼的车，那是一辆亮黄色的双门敞篷跑车。跑车朝着石榴剧院出发了。在行驶途中，里斯医生仔细观察着身边的情侣，他们并不般配。利迪娅非常漂亮，有着激进的政治思想和过人的智慧。马库斯·鲍曼的祖辈世代从商，他读的是英国最好的公立学校之一，但整个人就像瘪气球一样空洞乏味。他开车的时候像个十足的混混，打扮又如同花花公子。里斯医生很看不上这家伙。

利迪娅很快适应了英国的环境。她才二十六岁，刚刚拿到了精神学博士学位。然而，在某些理论问题上，她和她父亲见仁见智。甚至可以说，父女二人算是学术上的竞争对手。不仅如此，利迪娅还是个懂得享受生活的人。她个性大胆，在无人陪同的情况下就敢孤身闯入伦敦最时尚的夜店，她凭借自身的美貌和神秘的欧陆气质吸引了无数人的目光。她最喜欢的夜店是位于苏活区的帕尔米拉俱乐部，那里的酒价格公道，音乐喧闹至极。她也是在帕尔米拉认识了马库斯·鲍曼，不久后两人就订婚了。

马库斯·鲍曼是典型的社交达人。他有点龅牙，宛如松鼠一般突出的牙齿和鼓鼓的喉结看起来有些搞笑，如同幽默漫画里的人物一样。他的穿着打扮很讲究品质，他总是穿着高尔夫球裤，肩上通常挎着一个球包。而他的小胡子也是男士时尚杂志上吹捧的热门同款，那小胡子轻浮地紧贴着上唇，就像他平时躺在沙发上的模样。他一开口说话就特喜欢用英国本土社交圈里的一些怪词，例如他每次说话都喜欢加上"你猜怎么着"或"我就说嘛"。

但是马库斯似乎很讨利迪娅的欢心……

黄昏时分，街道上一派热闹的景象，观众聚集在石榴剧院门口，期待着首秀开场。马库斯停好车，三人一同下了车。里斯医生看了一眼广告牌，念出了《死亡小姐》的剧名，不禁发出一声叹息。剧院的大门敞开着，大厅里挤满了嘈杂的人群，或是碰杯，或是翻看节目单。里斯医生无心应酬，闷闷不乐地朝着观众席走去。利迪娅陪他进去，而马库斯则去小卖部买烟。

"怎么了，爸爸？你好像有点心事。"

"没有，"里斯医生说，"只是有些厌倦。"

"厌倦什么？"利迪娅问。

"好像约翰逊医生说过：'如果你厌倦了伦敦，那你就是厌倦了生活。'这算回答了你的问题吗？"他露出一个浅浅的微笑。

这时，一个披着丝绸衬里斗篷的老人向里斯医生一行人表示借过，然后经过他们的座位朝里走去。他看起来像是廉价恐怖小说里的恶棍。里斯医生看了一眼对方，又把目光投向舞台。

他看了一下手表，大概还有五分钟就开场了。

"所以这个海伦·库克森是什么来头？"马库斯问道。

"是德拉·库克森，"利迪娅纠正道，"她是当下顶尖的女演员之一。马库斯，别显得这么没文化，好吗？"

她刚说完，帷幕升起了。

第一幕结束了。露西·利维的表演活泼动人，而德拉则在一出场就抓住了观众的注意力。当她登台时，就连烦闷的里斯医生都坐直了身子。第一幕结束后有一个简短的中场休息，接着更加精彩的第二幕开始了。现场的观众时而震惊，时而欢笑，坐在他们旁边的斗篷男似乎对其中的一些舞台效果特别满意。

第二幕和第三幕之间的中场休息时间较长，因此里斯医生动身去了吧台。他刚准备离开吧台，身后就有人叫住他。

"请问您是安塞尔姆·里斯医生吗？"

里斯医生转过身。"是的，有什么事吗？"

"我叫提塞尔。本杰明·提塞尔。我是这出惊险戏剧的制作人兼导演。"这位负责人身穿礼服，显得光彩照人，微微颤抖的手里握着一杯马提尼。

"恭喜你，观众似乎挺喜欢这部作品的。"

"过奖了，非常感谢，"他故作谦虚地低下了头，"希望我没有打扰您。我想邀请您和您的女儿来参加聚会。"

"邀请我们？"

"明天晚上，在汉普斯特，我要在家中举办庆功宴。我必须等到明天白天的剧评出来以后，才能放心地办庆功宴。"他解释道。

"看来你很有信心。"

提塞尔笑了笑。"看看您周围的观众，医生！他们的反馈都很积极。朋友，我们接下来的演出怕是会持续不断。等到评论出来，我就可以尽情地喝酒、听音乐，而不用操心了……"

"原来如此。感谢你的邀请，但我明晚有其他安排。"

"真的吗？可惜了。我真想听听心理医生会怎么解读这一出可怕的舞台剧。总之，请您收下我的名片。万一您之后改变主意了呢？埃德加，你来了！埃德加·西蒙斯！"提塞尔的注意力又转向了另一位客人。"埃德加，这几个月你跑哪儿去了？"这位制作人被热情的人群簇拥着离开了。

里斯医生并不排斥偶尔参加一些聚会。在聚会上，他总能挖掘到潜在的客户。但他不太喜欢提塞尔的言行举止，带着一股戏剧圈的乌烟瘴气。里斯医生兀自愣了愣神，又回观众席去了。

他回到座位的时候，正好赶上第三幕开场。

"你刚才在和谁说话呢？"利迪娅好奇地问道。

"本杰明·提塞尔。他是这出……大戏的负责人。他邀请我明晚去参加他的聚会。"

"真是的，这些人可真是躲也躲不掉，对吗？像寄生虫一样。"

他们一提到提塞尔的名字，斗篷男的耳朵就竖了起来。他似乎想要加入他们的谈话，可就在这时幕布升起了。

第三幕是全剧各色风格的集大成者。其中一幕的活板门特效尤其阴森恐怖，连医生都吓了一跳，观众更是倒吸一口冷气。最后一幕落下时，全场立刻响起热烈的掌声。当德拉·库克森出场谢幕时，有的观众甚至激动地站了起来。

在聚光灯下，德拉大步向前鞠了一躬，前排的一位爱慕者向她献上了一大束花。她站在台上，眼中闪烁着泪光，欣然接受着观众的赞美。她有一种诀窍，能够让自己如同逼真的肖像画一样，让在场的每一位观众都以为她是在看自己。但这只是观众一厢情愿的错觉。事实上，她的目光只看着一个人，她一眼就认出了台下的安塞尔姆·里斯医生。

在里斯医生准备离场的时候，一位引座员塞给他一张纸条。而周围的观众正陆续回到大厅和吧台，热烈地谈论着今晚的表演。里斯医生停下脚步，展开纸条。

"你们先走。"他对马库斯和利迪娅说道。

"那你怎么回家？"

"我打个车回去，不用担心我。"说完，他穿过人群离开了。

另一位引座员带他经过吧台，到了后台。"先生，这边请。"她说着，帮他开了门。

里斯医生走进后台，发现自己仿佛走进了另一个世界。舞台的工作人员在后台庆祝，而舞台编导正看着一本翻烂了的剧本，他拿着一只短粗的铅笔，在纸上飞速而大段地修改着。里斯医生跟着引座员穿过一条长长的走廊，向主演专用化妆间走去。他们敲了敲门。

"请等一下。"屋里有人喊道。

里斯医生等待着。

门开了。对方正是本剧的主演德拉·库克森。但是对于里斯医生来说，她是病人B。

她和他打了招呼，看起来满面笑容，神采奕奕，还亲昵地和他来了一个贴面礼。她让他坐到化妆镜前的椅子上，毫不留情地把引座员关在门外。

"你觉得这部剧怎么样，医生？"

"我女儿很喜欢这种吓人的剧，"他尴尬地说，对着镜子看了她一眼，"你好像掉了什么东西，德拉。"

"掉哪儿了？"

里斯医生指着地毯上闪闪发光的东西。"我看看，这是什么？"他俯身捡了起来，"好像是什么首饰。"

他把那东西递给了德拉，德拉顺手塞进了晨衣的口袋里，那是一只金耳环。

德拉坐了下来，开始卸妆。

"德拉，你今晚为什么叫我过来？"

病人B一边叹气一边对着镜子端详自己。接着，她慢慢地转向他。"医生，我做了一件非常可怕的事。"

第二部分
骗子的故事
（1936 年 9 月 12 日至 14 日）

即便当今，在魔术表演中，表演效果依旧是重要的。实现表演效果的手法或者手段则居于次位。

——戴·福农①

大部分的读者都喜欢密室杀人。但是——这里有个麻烦的争议点——连这一类的忠实读者，都时常困惑不解。

——约翰·迪克森·卡尔②《三口棺材》

---

① Dai Vernon（1894—1992），加拿大知名魔术师。
② John Dickson Carr（1906—1977），推理小说作家。

幕间曲（Ⅰ）
身穿黑色大衣的男人

1936 年 9 月 12 日　周六

　　和巴黎艺术革命时期的穷苦艺术家一样，克劳德·韦弗喜欢待在阁楼上进行创作。

　　他的家位于汉普斯特，是一栋自带阁楼的两层楼房，阁楼已经过改造，以便容纳书架和书桌。他的妻子经常夸大其词说他待在阁楼里从不出来，说他比起面对妻子更喜欢与阁楼为伴。事实并非如此，其实他经常从阁楼里走出来，只是他不希望被妻子注意到这一点。

　　韦弗天生是个不起眼的人，走在街上都不会有人多看他一眼。如果你见到他本人，你会发现他个性安静，为人低调，甚至有些腼腆。他从不接受外界采访，也不出席文学午餐会或慈善晚会。

　　正因如此，他的妻子罗斯玛丽似乎决心要把他从舒适的小窝里推到阳光底下。她是个常常让人捉摸不透的精明女人，但她没有意识到他在文学上的创作灵感很大部分源于孤独。麻烦就是这么来的。

　　九月十二日的上午，他像往常一样坐在阁楼的书桌前，面前摆着打字机和一堆崭新的白纸。有些不对劲。今天，文字就是无法流畅地涌现。他约了人在午饭前见面，但他决定在那之前先写上几个小时。

事实证明，他的创作并不如预期顺利，有什么东西在干扰他的注意力。他站起来，伸展着酸痛的四肢，在阁楼上来回走动了一下。阁楼上有一扇小圆窗，透过它，一束狭长的光线照在书桌上，这也让他可以很好地看到街上的景色。他大步走到窗前，几乎把鼻子贴在玻璃上，向外望去。就在这时，他注意到了那个穿黑大衣的男人。

多久了？也许有一周时间了。在一周前，韦弗第一次隐约感觉到身边有未知的存在——有什么东西在跟着他。现在，只要他醒着，总是感到一种难以名状的恐惧笼罩在心头。他不禁联想到了莫泊桑的《奥尔拉》①，开始怀疑自己是否真的发疯了。他越来越疑神疑鬼，就连妻子也察觉到了他的反常。他不允许自己再胡思乱想。到了现在，他还在设法克制担忧的情绪。但就在这天上午，他偶然从阁楼的窗户往外瞥了一眼，第一次注意到了那个穿黑大衣的男人。

除了对方是个男人，韦弗看不出别的明显特征。那男人站在街对面的人行道上，一动不动，抬头看着阁楼的窗户。他穿着一件长长的大衣，宽宽的帽檐遮住了他的上半张脸。韦弗唯一能看清的是，他胡子刮得很干净。

韦弗一鼓作气地冲下楼，推开了正门。如果对方就站在原地等着他过去，他该怎么做呢——他不知道，也没想那么多。可能他就

---

① 《奥尔拉》（Horla）以日记形式描写了主人公的焦虑和恐慌，他感觉到有一个看不见的生物体存在于他的周围，并命名其为"奥尔拉"。

是头脑一热，想和那个家伙较量一番，直面自己的恐惧。但他开门一看，发现街上空无一人，那男人已经不见了。

克劳德·韦弗缓缓关上了门，把秋日的寒风和泥土色的树叶一起带进了屋里。

第三章　三个电话

在多里斯山的里斯宅邸里，响起了今天的第一个电话。里斯医生起得不早，此时他正坐在书桌前。他拿起了听筒。

"是里斯医生吗？"

他听出了电话里是病人 C 在说话，他在现实生活中是个小说家，真名叫克劳德·韦弗。但是里斯医生还没有主动了解过他的作品。

"韦弗先生，"里斯医生说，声音里带着不耐烦，"今天早上你好像失约了。"

"很抱歉，出了点事，我来不了。当然，我会支付这次诊疗的费用，但我今天没法见你。"

"有什么特殊的原因吗？"

"很抱歉。"说完，病人 C 挂了电话。里斯医生摇摇头，自言自语了几句，拿来预约簿，翻到今天的日程，找出病人 C 的名字，用钢笔画掉了。

"特纳太太，"他喊道，"今天上午的预约取消了。我该怎么打发时间呢？"

女管家端着茶具和托盘，匆匆走进书房。从里斯一家搬来这里之后，奥利芙·特纳就一直是他们的女管家。她的个性一板一眼，有人会认为她不苟言笑。但是里斯医生却从她身上看到了一种毫不张扬的亲切和智慧，他欣赏的就是这一点。不用说，她的业务能力非常强。她把屋子打理得井井有条，厨艺也是一流。

"写文章。"她一本正经地说。她指的是里斯医生受邀为一本权威的精神病学期刊写的文章，连里斯医生本人都觉得这文章乏善可陈。他的三个病人才是有趣的病例，值得花时间研究一下，因此他难以专心下笔。

里斯医生对奥利芙咧嘴一笑。"你知道的，我就喜欢你说话精辟，特纳太太。所以我才雇了你，你从不说废话。"

奥利芙对他微微一笑。"我只是如实回答。"

两人沉默了一会儿，电话铃声再次响起。奥利芙把茶具放在房间中央的玻璃小桌上，医生接起了电话。"我是里斯。请问是谁？"

在瓷器碰撞的叮当声中，奥利芙能听出电话那头传来一个含糊的声音，但也仅此而已。

"我知道了，"里斯医生对着电话说，"你能具体说说吗？"

电话那头的模糊声音继续说着。奥利芙也不再掩饰自己的好奇心，直起身子听着。

"我知道了，"里斯医生重复道，看了一眼落地窗，"这听起来……有点麻烦。"又是一段较长的停顿。"好的，我会等你来的。"里斯医生用一种要结束对话的语气说道。接着，他挂了电话。

那天晚上，当奥利芙·特纳太太回想起这第二个电话的时候，后悔自己当时过于礼貌，反而让事态变得复杂了。如同很多当事人只听了或记住了一半的谈话一样，在案发之后，她才意识到这个电话的重要性。

利迪娅·里斯发出了一声尖叫。她正在翻阅皮面装订的原版

《魔鬼的万灵药水》，一不小心让书页的一角划破了她的拇指，渗出了一小滴血滴在了书页上。她吮吸着拇指，试图用眨眼来减轻疼痛，把注意力继续集中在书本上。但还是为时已晚，她的专注就这样被打断了。

她呻吟了一声，合上书本，把书放回到书架上。她在二楼自己的房间里工作，按照计划今天是做研究的日子。她过会儿就要开始自己的问诊工作了，现在正在认真思考如何制定一份理想病人清单。

她有意识地混进伦敦上流社会的小圈子。可以想象，她纯粹把自己当成一个旁观者。在她眼中，英国上流社会呈现出一种迷人的文化冲突现象。上流社会的长辈们代表着社会礼仪的专制思想，如同来自某个旧石器时代部落。然而，一场残酷的战争随之而来，打破了他们长期固守的安全表象。阶级之间的界限正在逐步瓦解，而上流社会的文明表象也在逐渐脱落。

无论社会阶层如何，年轻一代，也就是在世界大战期间或之后成年的人们，都开始对无政府主义产生了偏好。因为社会主义思潮正在高涨，使他们的政治思想受到了影响。这种趋势也体现在他们对待艺术、音乐和一切事物的态度上。

以上是利迪娅提出的理论方向，并且已经勾勒出了一篇文章的大纲，标题暂定为《论英国》。她想，这个标题是否过于笼统和浮夸了？当她开始研究自己的第一个病例，也就是她接诊的第一个病人时，她对此会有更多思考。

卧室的门传来一阵敲门声，打断了她的思绪。

"请进。"她喊道，同时吸吮着拇指。

进来的人是奥利芙·特纳太太。"里斯小姐，楼下有你的电话。"

"是吗?"利迪娅说,"我都没听见电话响。"

"里斯小姐,一上午响了几次了。"尽管利迪娅多次请求,但女管家还是不愿直呼其名。

"是谁打来的?"

"马库斯·鲍曼先生。"

利迪娅叹了口气。"告诉他我现在没空接电话。最好直接说我出门了。"

"他打电话,应该是来确认今晚接你的时间的。你还打算和他一起出门吧?"

马库斯终于在萨沃伊餐厅订到了双人座。他早就答应要请利迪娅尝一下伦敦最好的餐厅,但他最近忙于高尔夫球,晚餐的计划一再搁置。现在餐厅订到了,日期也约好了。

"今晚我会和他一起去,"说完,她略显强势地走到奥利芙的面前,"告诉他,我会和他一起去的。他可以八点来接我。记得提醒他别迟到。"

利迪娅微微一笑。等到第二天,奥利芙·特纳会想起她此时的微笑,接着会好奇她到底在笑什么。

第四章　案发当晚

"马库斯。"利迪娅和男友打招呼，脸上的微笑得体而略显强势。

"亲爱的。"他站在正门口，探出身子，对着她的脸颊亲吻了一下。此时是傍晚，时间还没到八点，但天空很低沉，给人一种压抑感，泛着如同水果烂掉的颜色。利迪娅穿着绸缎晚礼裙，脖子上挂着一条红宝石项链，宝石落在锁骨之间，在屋外路灯的照耀下熠熠生辉。

"我想请你进屋坐坐，"利迪娅说，"但特纳太太正在打扫房间，我想还是不要增加她的工作量了。"实际上她在说谎，奥利芙·特纳几个小时前就打扫完毕了，现在正在厨房里忙着为里斯医生准备晚餐。

利迪娅走到街上，正要关上身后的门时，里斯医生出现在了门厅，在她的左肩后方显得高大而阴影重重。"晚上好，马库斯。"他说。

"晚上好，先生。"

"爸爸，我们得赶紧去餐厅了，"利迪娅努力装出随意的样子，"马库斯要开车带我进城。"

"我其实打算把我的车停在这里，叫辆出租车去餐厅，"马库斯说，"这样我们可以玩得晚一点，然后我送你回来。"

"听你的，亲爱的。"她用手挽着马库斯的胳膊，让他带着自己走去路边。马库斯用空着的手拦了一辆路过的出租车。里斯医生站在正门口，看着这对年轻情侣钻进车里。出租车在夜色中轰鸣而去。

等他们远去后，里斯医生回到饭厅，独自坐在餐桌旁，抿了一口雪莉酒。

"她对马库斯的态度可真有意思，不是吗?"奥利芙说着，把一盘热气腾腾的炖牛肉放到他的面前。

"有其父必有其女，"里斯医生说，"她这样也正常。"

虽然他是在开玩笑，但是这句话说得没错。

到了晚上九点整，奥利芙放好了餐后的奶酪盘。那时，里斯医生已经回到了书房，奥利芙敲了敲门，他回应道:"稍等。"

她听到他从椅子上站起来，朝着门边走来，转动门锁上的钥匙，打开了厚重的红木门。只见里斯医生微微皱着眉头，像是有什么心事。但除此之外，他的行为并没有让她感到任何不安。

奥利芙把奶酪盘递给了里斯医生，而他只是站在门口，显然不想让她进书房。他向她道了谢，并让她帮一个忙。"特纳太太，待会儿晚些时候，有一位客人要来。他很可能会从正门来。我怕他来得太突然，吓到了你，所以提前和你说一下。你让他进屋，给他指一下书房在哪儿就行。"

"先生，我不用亲自带他到书房来吗?"

"不用，"里斯医生很难得地给出了非常明确的指示，"让他进来，告诉他到书房找我，然后你就可以去休息了。"

奥利芙刚想开口问一下细节，但是里斯医生已经拿着奶酪盘退回书房，当着她的面直接关上了门，并且咔嗒一声落了锁。奥利芙感觉自己受到了些许冒犯，回到厨房里。

两个小时过去了。快到十一点的时候，窗外开始下起了连绵的秋雨。奥利芙穿着晨衣坐在厨房里，一边喝着可可，一边借着煤气灯读报纸。夜渐渐地深了。

当钟显示十一点十五分的时候，正门突然响起一阵敲门声，吓了奥利芙一跳。她站起身，从厨房缓缓地来到走廊，只见正门的磨砂玻璃上有一个黑影。她突然有些害怕，先挂上门链条，再轻轻开门，想看看对方是谁。

"你好?"她用很轻的声音说道。

"我可以进去吗?"对方说道。他戴着一顶软毡帽，帽子压得很低，下半张脸和脖子都藏在厚厚的围巾里，说话听起来有些含糊。奥利芙觉得这人很面生。

"你是哪位?"

"我是来找里斯医生的。"

奥利芙咬紧牙，想起了医生的指示。她不情愿地取下门锁链，让他进来了。

"需要帮你拿帽子和外套吗，先生?"

"不用，谢了。"男人说道，声音低沉而沙哑。他径直朝着楼梯口走去。

"先生，请等一下!"奥利芙说道，"如果你找里斯医生的话，他的办公室在一楼，沿着走廊，靠右边的那个房间。"

这位来客停下脚步，不耐烦地瞟了奥利芙一眼，照她指的方向走去。奥利芙站在原地，看着他走到书房门前，敲了敲门，很快就进去了。

过了一会儿，奥利芙还是忍不住好奇，从走廊偷偷走到了书房门口。当然，书房门是锁着的，钥匙还插在房内侧的锁孔里。她不禁把耳朵贴在门上偷听了起来。

"你看到我似乎并不意外。"那位客人在房里说道。

"完全不意外，"里斯医生回答道，声音略显低沉，因为隔着房门有些含糊。"我料到你会来。"

"真的吗?"书房陷入一阵短暂而不安的沉默。奥利芙只能听见自己的心跳声。

接着，客人说道："你的管家正在偷听我们说话。"

奥利芙感觉自己可能会死在那个走廊——她感觉肾上腺素飙升，心中充满了恐惧，非常不好受。她立即屏住呼吸跑开了。

她喝了一小杯白兰地才恢复过来。独自坐在厨房里时，她的心仍然怦怦直跳。这位神秘的客人让她非常不舒服。雨还在下，带着节奏感打在窗玻璃上，仿佛是来自原始部落的鼓点。

奥利芙突然听到书房门打开的声音，看来那位客人出来了。他在书房里待了足足有半个小时。她缓缓打开厨房门，透过门缝观察客人。只见他走向正门，身上还是先前的帽子、围巾还有大衣。她本想离开厨房，跟上去询问是否需要送他出去，但是她没有勇气这样做。

她从走廊上悄悄地跟过去，看到客人开门上街，接着门就关上了，他的身影消失在了奥利芙的视线中。她立刻飞奔到门口，闩好了门锁。

然后，她走向医生的书房敲了敲门，试探性地问道："先生，你还好吗?"

"没事，没事。"医生回应道。但奥利芙并不满意他那过于简短的回答。

"你确定吗，先生，要我给您带点什么吗，比如睡前酒？"

"不用了，谢谢。什么也不用。"

奥利芙站了一会儿，才提起刚才的客人。"能否冒昧问一下，刚才那位客人是谁，先生？"

屋里没有回应，但奥利芙能听到门另一边有呼吸声。"只是一个老朋友，"他说道，声音很轻，"晚安。"

奥利芙转身离去。这下她真的打算上床休息了。当她朝着楼梯口走去时，电话铃声再次响起，打破了屋里诡异的寂静和屋外连绵的雨声。奥利芙吓得尖叫着站住了。接着，她走向走廊上的壁挂电话，但还没来得及接起，铃声就停止了。

她听见医生在书房里拿起了电话的分机，用几乎听不清的声音说道："怎么了？"

片刻的停顿。

"明白，"医生的语气缓和了下来，"然后呢？"

奥利芙回到书房门口，将耳朵贴在冰冷的木门上。她听到了一种很熟悉的声音，是医生用笔在便笺上写东西的声响，他正在快速地做着记录。她很想拿起走廊上的电话听听他们到底在说什么，不过这样做就有点太过头了。

"很好，"医生说，"不过现在你最好先睡一觉。现在聊这个太晚了。明天十点来找我，到时我们再细聊，晚安。"

他挂上电话。

奥利芙又一次走向楼梯口，她踏上台阶时才想起自己睡前要看的书还放在厨房的桌子上。她叹了口气，转身回去取书。

她拿好书离开厨房，从走廊往楼梯口走去。

"天啊！"她惊叫一声，吓得手中的书都掉了，直接落在了瓷砖地板上。

磨砂玻璃上出现了一个人影，对方在轻轻敲打着正门。难道今晚还有其他客人？

"请问哪位？"她喊道。

"让我进去！"对方回应道，听声音是个女的。

"请问是哪位？"奥利芙继续问。

"外面在下雨呢，请让我进去吧！"

奥利芙轻手轻脚地走向正门，伸出颤抖的手，缓缓把门闩推回到位。然后她用力拉开门，一个女人就冲进了屋里，那是女演员德拉·库克森。

"谢天谢地！"德拉喘着气说。

"库克森小姐，怎么是你？这么晚了你有什么事？"

"我要找里斯医生。求你了，我有急事。"

奥利芙站在原地，双手叉腰，轻轻跺脚。"好吧，我帮你问问，不过我不确定行不行。我知道医生应该还在书房里工作，但他这么晚一般不接待病人。跟我来。"

她带着人走到书房门前，握紧拳头，对着房门用力敲了三下。

她们等了一会儿。

"里斯医生！"奥利芙喊道，"有客人来了！"

德拉·库克森的呼吸很急促，肩膀也随之起伏。除了屋外的雨声，这里安静得只能听到她的喘息声。奥利芙把耳朵贴在房门上。

"里斯医生？"她再次确认道。

"求你了，"德拉说，"我必须见他。我有急事。"

奥利芙使劲敲了敲门。接着，她蹲下身子，想透过锁孔看个究竟，但是锁孔内侧插着的钥匙挡住了视线。她俯下身子试图从房门的底缝看清屋内的情况，然而，她的鼻子几乎快要贴到瓷砖地上了，也只看到了隐约透出的灯光。"不太对劲。"她说。

奥利芙把德拉一个人留在走廊上，匆忙跑到厨房。不到半分钟，她拿着一支铅笔和一沓纸回来了。显而易见，她要用很老套的伎俩。她先把纸从门的底缝间塞进屋里，再把铅笔头捅进锁孔。只听砰的一声，钥匙就从门内侧掉落到了纸上。再把纸从底缝拉出来就拿到钥匙，一整套动作非常流畅。她在阅读廉价通俗小说时学会了这一招。

她起身打开门锁，进入书房，德拉紧随其后。乍一看，书房里没有什么异常情况。灯依旧亮着，桌子上散落着各种文件。医生瘫坐在一张椅子上，椅子朝向落地窗的方向。

奥利芙走到医生的面前。她看到医生的脸时心便一下子狂跳起来，都没有注意到德拉在尖叫。

安塞尔姆·里斯医生躺在椅子上，显然他刚死不久，脸色苍白得犹如戴着面具。他的喉咙上有一道恐怖的深红色伤口，鲜血顺着胸口淌了下来，宛如一条血红色的围兜。他眼睛半睁着，显得昏昏欲睡，而双手则无力地放在膝上。

"关上门。"奥利芙说。

"什么？"德拉说话都结巴了。

"关门！我不想让他女儿回家时看到的是他这副样子。"

德拉照她说的关上了书房的门，顷刻间书房中只剩下两人与尸体为伴。奥利芙拿起了电话。"多里斯山，二三一号，"她说道，"安塞尔姆·里斯被人杀害了。"

她一边对着电话提供了为数不多的细节，一边环顾着房内布置，并察觉到了某些异样。

"落地窗是锁着的。"她挂了电话后说道。

"什么?"德拉蒙住了。

"落地窗是从里面锁住的。"为了证实这一点,她握住落地窗一侧的把手转动了一下。把手纹丝不动,而钥匙还插在锁孔里。

"所以?"

"你觉得凶手是怎么离开的?"

"什么意思?"

"他不可能是从书房门口离开的,因为我一直都在走廊里。而且我可以告诉你,就在不到五分钟前——注意,是五分钟——医生还在书房里好好的,因为我当时听到他在打电话。"

德拉想了一下。"这不可能。"她走上前,亲自试了一下落地窗的把手,确实打不开。

"落地窗和门一样,都从屋内被反锁了。"奥利芙说道。

德拉转身望向尸体。医生瘫在椅子里,就像一个断了线的木偶。

在房间最角落的地方,摆放着一个木箱。奥利芙注意到了德拉的目光,朝箱子点点头。德拉难以置信地皱起眉头。奥利芙耸了耸肩,好像在说:凶手只有可能躲在箱子里了。

她们踩着柔软的绒毛地毯,轻轻地朝着箱子走去。奥利芙用手抵着嘴唇看向德拉,示意她保持安静。接着,奥利芙从壁炉里操起拨火棍,举过头顶。然后她快速向德拉点了一下头示意。

德拉上前,猛地翻开箱盖。

奥利芙发出一声怒吼,如同挥网球拍一般挥舞着拨火棍。然而她扑了个空。她们同时望向木箱,这里面竟然什么也没有。

"怪了,凶手去哪儿了?"德拉问道。

奥利芙手中的拨火棍掉了下来,砰一声掉在了地毯上。"这下我……我也搞不懂了。"她回答道。

"我觉得我需要喝一杯。"德拉说。

奥利芙没有回答。

"我说真的，我真的需要喝一杯。"

"书桌上有雪利酒。"奥利芙恍惚地说道。

"没有更烈的酒了吗？"

"厨房里有白兰地。"

"带我过去喝酒吧，"德拉说，"我一刻也不想待在这地方了。"

奥利芙同意了。"你说得对，我们在这里也做不了什么。"

于是，她们一起离开了书房。奥利芙带德拉去了厨房——但在此之前，她先关上了身后的书房门，把里斯医生的尸体留在了房里。

两人都喝下了一小杯白兰地，感觉顿时好了一些。虽然她们还是感到有些后怕，但总算接受了这个事实。

"我不明白，"德拉说，"凶手到底去哪儿了？"

"我也完全想不通，"奥利芙说，"凶手就像是凭空消失了一样。"

第五章　失窃的画

乔治·弗林特探长到达里斯宅邸时，天空中正飘着淅淅沥沥的雨丝，可见雨快停了。下属带他来到了案发现场，安塞尔姆·里斯的尸体还在书房的椅子上，看起来像是一根半融化的蜡烛。

"真惨。"弗林特自言自语道。尸体的情况确实很惨。死者被一刀割喉，脑袋半挂在脖子上，脸上的神情却异常平静。即使是弗林特这样见过不少惨案的老警察，仍然觉得这现场看着瘆人。

弗林特对犯罪问题有着冷静达观的态度，虽然他明确反对犯罪行为本身，但他同时也认为犯罪是社会的必要组成部分。就拿谋杀来说，大多数谋杀案都是肮脏的底层事件，既不神秘，也不奇特。凶手往往是受害者身边的人。但在过去的几年里，他发现在伦敦出现了一种新兴的犯罪类型，如同迷雾一样笼罩着整座城市。这就是所谓的"不可能犯罪"，这种犯罪通常发生在上流社会，例如死者在门窗反锁的房间里遭到谋杀，又或者在雪地中央躺着一具被勒死的尸体，但是周围只有死者的脚印，都是一些犹如谜题一样的谋杀案。

碰上这种案子，弗林特就不能仅凭感性来做出判断，必须保持住理性和客观。破解这类谋杀案需要特别的思维方式，弗林特显然并不具备这种能力，所以只能另寻高明。

"找到凶器了吗?"

"没有。"杰尔姆·胡克回答道。他是弗林特的副手，一个很适合跑腿的笨小伙。

"这么说来，凶手应该是带走了凶器，或者藏在了房间的某处。对了，让特纳太太感到不安的神秘客人，你们查到他的身份了吗？"

"还没有，我们派下面的人去查了。"

"好。有任何发现立刻向我报告。这里的情况怎么样？别说这是什么'完全密室杀人案'。"

"事实恐怕就是如此。奥利芙·特纳和德拉·库克森都确认了，当时书房的门是从里面反锁的。你也看到了，落地窗同样从里面反锁。"

"凶手肯定是从落地窗出去的。很显然，如果他是从房门出去的，走廊上的奥利芙肯定会看到他的。他应该是通过落地窗离开书房后，用某种方法从屋外把落地窗反锁了。"

"长官，这恐怕不可能。你看，案发时雨已经下了好一阵子。落地窗外面有一片花坛，花坛远处是草坪。雨水把花坛冲成了泥地，任何人经过花坛都会留下脚印。可是，你也看到了，花坛里没有任何脚印。"

在草坪的那头，警察确实发现了一些脚印，是男人的脚印。但脚印从来没有靠近过房子，更没有靠近过落地窗。虽然不知道是谁留下的，也不知道脚印留下的具体时间，但可以看出，晚上是有人冒着大雨从房子的后门进入过院子里的，甚至有可能是某个笨手笨脚的警察在现场搜查时留下的，这种情况并不少见。

"好吧，"弗林特两手指尖相抵，端详着尸体，"所以我们面对的是一个宛如幽灵的凶手。神秘客人离开的时候，里斯医生还活着吗？"

"还活着，他当时隔着门和奥利芙说了会儿话，奥利芙还听到他接了一个电话。"

"所以案发时间是在神秘客人离开之后，德拉·库克森到来之前，这短短几分钟之内。"

"应该是的，长官。"

"库克森小姐为什么大晚上跑到这里来?"

胡克耸耸肩。"长官，她就在客厅里等着接受询问。女管家奥利芙也在。"

外貌迷人的德拉此时正坐在一张古董长沙发上，这画面看起来简直就像一张戏剧海报。弗林特被她的美貌给惊住了，但马上恢复了镇定的神色。

"你是里斯医生的病人，对吗?"

她咬紧牙关。"是的，我来找他看病有一个月了。"

"什么病?"

"我拒绝回答这个问题。这和今晚发生的案子毫无关系，我只能说到这儿了。"

弗林特温和地歪着脑袋。"你有权保持沉默，但请记住，我们可以拿到医生的笔记，所以你亲口告诉我们是最好的。"

她依旧不为所动。

奥利芙·特纳坐在窗边，脸色惨白地看着屋外的风景。当弗林特走近她时，她差点跳起来。"对不起，"她说，"我还没缓过来。"

"没关系，完全可以理解。趁你对今晚的事情还记忆犹新，我想问你一两个问题。"

女管家摆了一下手。"请便。"

"那个神秘的客人，也就是在库克森小姐之前来找里斯医生的人。你确定自己从没见过他？"

"是的，我从没见过，完全没印象，不管是他的脸还是声音……我感觉他在伪装自己，一直在极力掩饰自己的真实身份。"

"你觉得他为什么要掩饰呢？"

奥利芙转向他，目光有些呆滞。"我怎么知道？"

"你说里斯医生在等他。医生有没有说为什么要见他？"

"完全没有。我认为他应该是病人，因为里斯医生对于病人的情况很保密。"

"他经常在晚上接诊病人吗？"

"不，他按照正常作息上班下班，所以我才觉得这事很奇怪。"

"这人有什么奇怪的举动吗？"

她想了一下。"他让我联想到了受伤的动物，有点迷茫，好像猜不到他下一步会做什么。而且他应该没有来过这里。"

"为什么？"

"当时我告诉他，医生在书房里等他。结果他往楼梯口去了。如果他以前来过这里，肯定知道书房在一楼。有道理吧？"

"有道理，"弗林特用长满老茧的食指敲了敲自己的下巴，"你观察到的信息很有价值，谢谢你，特纳太太。"

弗林特别了两位女士，再次向书房走去。副手杰尔姆·胡克紧跟在他身边，同时在便笺上飞快地做着记录。

"好，"弗林特开始说，"我们来梳理一下案发当时医生的行动。案发当晚他正在做笔记，他在写什么？"

"他正在为《精神学家评论》杂志撰写一篇文章。然而，他留下的笔记并不完整，句子写到一半突然停住了，像是被什么事情打断了。"

"可以推测，奥利芙给他送晚餐时他正在写文章。也就是在那时，他给了她一个奇怪的指示：'不要亲自带他进来，只要给他指路就行了，让他自己来书房吧。'医生为什么要这样说？我想听听你的看法。"

胡克想了一下。"他不想让奥利芙听到他和客人的谈话，哪怕一句也不行。也许她有偷听的习惯。"

"有可能，我们知道她至少在书房门口偷听了一次。那好，她给完奶酪盘就走了。等到十一点十五分，她听到有人敲门，我们不知道里斯医生这时候在忙什么，假设他在吃晚饭和写文章吧。接着，神秘客人来了。里斯医生让他进了书房，两人单独待在反锁的书房里，进行了某些秘密的活动，然后客人走了。奥利芙亲眼看到他走的。然后她去查看医生的情况，但医生不让她进书房。但我们知道他还活着，因为他隔着门和她说话了。然后呢？奥利芙在上楼前听到德拉在敲门——"

"不，你漏了一点，"胡克打断道，"那个电话。"

"对呀，我怎么给忘了。电话是在十一点四十五分响的，查到通话记录了吗？"

"查到了，"胡克指着记事本说，"虽然花了不少时间，但我亲自问过接线员了，电话是从迪弗雷纳的一栋公寓打来的。该公寓登记在音乐家弗洛伊德·斯滕豪斯的名下，他是医生的病人之一。"

弗林特叫苦了，他是个音盲，不懂音乐。"斯滕豪斯。我等下去找他问话。接下来呢？幸好奥利芙爱管闲事，她听到了医生在打电话。随后，她回到厨房拿书。当她回到走廊时，正好看到德拉·库克森在正门外面。所以，谋杀一定发生在医生打完电话之后，德拉·库克森到来之前，那就锁定在两分钟左右的时间里了。这样说对吗?"

"没错,长官。"

弗林特笑了。"但这是不可能完成的。"

就在他说话间,利迪娅·里斯和马库斯·鲍曼回到了家中。弗林特一听到走廊传来的动静,便走出去迎接他们。面对板着脸的警察,马库斯显得非常不自在,嘴里一边嘟囔着一边将身子往回缩。但利迪娅却显得很镇定。

"出事了?"她说。

"是的,"探长说,"你是利迪娅·里斯吗?"

"是的。"

弗林特严肃地点了点头。"我有坏消息要告诉你。方便借一步说话吗?"

利迪娅似乎毫不奇怪,领着弗林特上楼,走进自己的卧室。弗林特站在她身边,看着她坐在梳妆台前摘下首饰。

"你父亲去世了,里斯小姐。"

"嗯。"

"很抱歉,我们认为他是被人杀害的,案发现场就是他的书房。"

"是他的病人干的?"

她这一问,让弗林特愣了一下。"他的病人都有暴力倾向吗?"

"难不成是入室抢劫?"

"我正想问你,里斯小姐。你知不知道为什么会有人要杀害你父亲?"

利迪娅盯着镜子里的自己。弗林特这才注意到她的眼睛里含着泪水。"他是怎么死的?"她问道,声音显得镇定而干脆。

"割喉。"

"有嫌疑人吗？"

"还没有。所以我要问你，你能想到他被杀的原因吗？"

她慢慢地摇了摇头。

"你是否注意到他最近有什么反常的行为？他有没有对什么事情表示担心或害怕？"

"我父亲这辈子从没害怕过。"

"他今天晚上有客人要来吗？"

她想了一下。"没有，据我所知没有。"

"你不知道他晚上约了人见面的事？"

"我要是知道的话会告诉你的。"

弗林特若有所思地呼了一口气。"但是今晚家里确实来了两个客人。"

利迪娅从镜子前转过来，看着探长。"谁？"

"一个穿着大衣的男人。是特纳太太让他进屋的。"

"是谁？"

"她不知道，说没见过他。你有怀疑的对象吗？"

"如果我想到的话会告诉你的。相信我。"

"他和你父亲在书房里待了一会儿。特纳太太不知道他们在聊些什么。里斯医生似乎非常在意这次会面的私密性。"

利迪娅耸肩道："好吧。但是父亲从没和我提过什么会面的事。你们认为这个神秘的客人是凶手？"

"这种假设听起来确实很合理，但是我们有理由相信，在神秘客人离开后，你父亲还活着。但是不管他到底是谁，我们得和他谈谈。"

"那第二位客人呢？"

"什么？"

"你刚才说今晚来了两位客人。"

"啊，第二位就是他的病人德拉·库克森。"

利迪娅紧绷着脸。"德拉。她接受治疗好几个月了。"

"她很晚才来这里，一副很痛苦的样子。她急着要见你父亲，说有急事要立刻告诉他。你对此知情吗？这位女士不肯正面回答我。"

她摇摇头。"我完全不知情。德拉的病例非常有趣。"

"你父亲会和你讨论他的病人吗？"

"我们会。纯粹出于学术目的讨论。"

"她有什么事要告诉他？你能猜到些什么吗？"

她沉默了好一会儿。弗林特乘机狡猾地侧过身子，环视了一下房间：屋内的书架上摆满了书，还有一个大衣柜，外加一张豪华的四柱床。但不知为何，明明住了好几个月，这里还是显得空落落的。

"你们认为是她杀了我父亲？"

"不，我们认为案发时间在神秘客人离开之后，德拉来之前。"

"那么，我就没法告诉你关于德拉的情况。我父亲绝对不准我透露病人的隐私，即便和案子有关也不行。"

"我们会检查他所有的笔记，在我们面前根本没有所谓的隐私可言，利迪娅。"

"我知道你会这样做，但是我同样有自己的原则。父亲绝不会允许我为了提供无关的线索而打破原则。"

弗林特点头。"那行。说实话，比起德拉，我对那位神秘客人更感兴趣。我们查不出他的真实身份的话就没法抓住凶手。所以，如果你想到了任何线索请立即告诉我们，不管是多小的事，我都会洗耳恭听。"

他站了起来。"里斯小姐，失陪了。"他说完，朝着门口走去。就在这时，他突然想到了什么似的回过身来。"对了，还有一件事。你父亲的书房里应该没有什么秘道吧？"

"什么意思？"

"除了书房的房门和落地窗，还有能让人从房间离开的秘密通道吗？"

"没有这种东西。"

弗林特点头，看来一切和他想的一样。"谢谢你，里斯小姐。"

然后，他离开了房间。

弗林特下楼的时候，他听到马库斯·鲍曼正冲着胡克警官发出一连串疑问。"发生了什么事？你们到底要干什么？你们要对利迪娅做什么？她去哪儿了？"

"鲍曼先生，别担心，她没事，"弗林特开口道，"她只是有点震惊而已。"

马库斯要往楼梯上走。"让我见她，我要和她说话……"

弗林特用手拦住了他。"先生，别急着上去，我有几个问题要问你。"

"什么问题？到底发生了什么？"

"先生，安塞尔姆·里斯医生死了。他是被人杀害的，就在不到一个小时之前。"

马库斯说不出话了。

"你今晚在哪里？"

"我……我和利迪娅在一起，一整晚都是。她能给我作证。我的天，你不会是在怀疑我吧……"

"你们在哪里？"

"萨沃伊餐厅。我们在那里吃了晚饭。"

"然后去了哪里？"

一阵尴尬的沉默。"苏活的一家夜店。"

"哪一家？"

"帕尔米拉。"

"你们几点离开夜店的？"

"就在不久前——我是说，几分钟前。我们打了一辆出租车过来的。我之前答应她要送她回家的。"

"先生，你很贴心。"

马库斯茫然地看着他。"不，那是因为我的车……就停在这里。"

弗林特把胡克警官带到一边。"给他录个口供。我要你们彻底搜查一下这栋房子，不要放过任何细微的线索，哪怕只是一个脚印，或者是灰尘里的一个指纹，也不要放过。我要先回局里一趟，"他顿了一下，"然后去拜访一个人。"

"好的，长官。你要去拜访谁？"

几个小时后，大约在上午十点钟，蒙蒙细雨中的伦敦城还未苏醒，弗林特探长驾驶警车来到了帕特尼。他下了车，眼前是一家名叫黑猪的酒吧。酒吧虽然看起来破旧不堪，但仍有一种气派的氛围。他在门口的垫子上蹭掉了靴底的泥巴，然后走进店内。

女招待没有说话，给他做了个手势，指向屋里的一个小隔间。

因为弗林特是熟客，她知道他要来找谁。他穿过一扇低矮的门来到隔间，破旧的地板上颇为讲究地摆放着两张破旧的扶手椅。旁边是未点燃的壁炉，上边挂着一个被虫蛀的鹿头。

约瑟夫·斯佩克特独自坐在其中一把扶手椅上，正在漫不经心地摆弄一副扑克牌。

弗林特在他的对面坐下。

"你看起来很憔悴，"老魔术师没有看他，说道，"你今天早上肯定没刮胡子就出门了。"

"我一整夜都在办案。"

斯佩克特的眼睛突然亮了。"谋杀案？是我认识的人吗？"

"一个心理医生。安塞尔姆·里斯医生。"

"里斯死了？谁杀了他？"

弗林特将双手指尖相对，搭成尖顶状，这是他表达自己认真对待事情的惯常动作。"你觉得我为什么会坐在你面前？"

"好吧……"斯佩克特往后一仰，将双臂伸过头顶，活动了一下关节，他那布满皱纹的指关节发出了树枝一样的噼啪声。他打了个哈欠。"你最好把知道的情况都告诉我。"

弗林特简单讲了一下昨晚的事件，准确地描绘了几个关键人物：利迪娅·里斯和马库斯·鲍曼，还有女管家奥利芙·特纳和女演员德拉·库克森。

几年前他们初次见面时，弗林特探长对斯佩克特还有点戒备，他觉得斯佩克特只是个聪明的骗子。毕竟，斯佩克特以装神弄鬼而闻名，对于全世界各种犯罪事件和超自然现象都如数家珍。但正是因为斯佩克特具有这种特别的能力，他因此成了破解不可能犯罪的完美人选。他们想要知道凶手是谁，而斯佩克特能帮他们弄清楚凶手的犯罪手法。

斯佩克特从不自称喜欢独处，但如今，他通常只在常去的地方活动。他位于朱比利的家是一幢奇特的低矮小房子，看起来有点哥特风，当窗户亮着灯光的时候，整栋房子看起来像是一个骷髅头——他似乎一直住在那里。但大部分时候，他都待在黑猪酒吧的小隔间里，这个房间的光线昏暗，横梁很低，窗户上带着栏杆，吧台后面是黄铜水龙头和冒着气泡的老式啤酒泵。有人会嫌弃这里太昏暗了，但对魔术师来说，昏暗的环境是理想的表演场所。

"好，"斯佩克特说，"先说这个奥利芙·特纳的女管家，她的证词可信吗？"

"可信。"

"为什么？"

"有几点原因。第一，她杀掉里斯医生得不到任何好处。在里斯医生的遗嘱里，只象征性地给了她一点小钱，根本不足以构成杀人的动机。第二，她在里斯家里才工作了五个月，也还不足以和他产生什么过节。我们调查过了，里斯医生在今年春天到英国之前，和奥利芙根本不认识。第三，"弗林特继续说，"在我看来也是最关键的一点，德拉·库克森是在案发后才到的，当时是奥利芙开门让她进来的。如果她刚刚杀了自己的雇主，不可能这样做吧？"

"很好。你的前两点站不住脚，但第三点颇有道理。那密室杀人又是怎么回事？说说细节。"

"现场有两个出口，一个是书房门，一个是落地窗。但是无论是门还是窗，都从里面反锁了。"

"真的吗？"

"真的，请相信我。我们已经彻底检查过了。"

"没找到凶器？"

"没有。"

"书房门可以通过某种方法从外面反锁吗？"

"完全不行。书房门和落地窗内侧的锁孔上都插着钥匙。"

"落地窗的玻璃有没有可能做什么手脚？"

"不可能。依我看来，安塞尔姆·里斯在一间完全密室里被割喉了。"

斯佩克特微笑了。"我最喜欢的一种密室类型。房间里有什么特别之处吗？"

"很普通的书房，有书桌，还有书架。对了，有一个箱子。"

"什么样的箱子？"

"很大的一个木箱子。不过我们看过箱子了，里面什么也没有。"

"明白了。但我还是要亲自检查一下。请继续。"

"我们在房子的后院发现了两组脚印，但都离房子和花坛很远，所以我们很难确定脚印和谋杀的关联性。"

"还有其他线索吗？"

"我们一直想从德拉·库克森口中问出点什么来，但她死活不说，也许你可以试试。"

"好吧，我可以为她提供不在场证明，她在舞台制作人本杰明·提赛尔家里，一直待到晚上十一点左右才离开。昨晚的演出结束后，我们都去了本杰明的家里。"

"聚会吗？"

"是的，提赛尔很喜欢聚会——唱歌跳舞、喝酒抽烟之类的。"

"我还以为你不喜欢聚会呢。"

斯佩克特微笑着把手中的扑克牌分为两叠，又洗到一起。弗林特没有察觉到的是，老人刚刚完成了一次完美的鸽尾式洗牌，毫无瑕疵地将两叠牌交叠在了一起。"你根本想不到一个老头为了招揽观众做出了多大牺牲。"

"她在聚会上待了多久？"

"不太确定，但我知道她十点半就到了，十一点走的。"

"她是打车离开的？"

"应该是的。对了，提塞尔的家在汉普斯特。"

弗林特点头。"所以从他家打车到多里斯山起码要二十分钟。里斯医生打完电话之后她才刚到。"

"关于电话的事，"斯佩克特重复道，"我们一会儿再说。现在我对德拉特别好奇。你们查过她了吗？"

"我们检查了她的手提包。她自然很不情愿，但我们并没有从包里找到任何可疑的东西。怎么，难道你觉得是她干的？要我说，她不可能进入书房杀害医生的，就算她能做到，为什么要特意绕到正门去……"

"别急，"斯佩克特打断道，"根据你描述的情况，我承认她不太可能杀害里斯医生，但我认为我们不能低估她在这起案子中的重要性。"

弗林特欲言又止。

"我的意思是，"斯佩克特继续说，"你知不知道她昨天晚上拜访里斯医生的真正原因？"

弗林特缓缓地摇了摇头。

"或者你是否知道她一直看心理医生的原因？前天晚上是她的新剧《死亡小姐》的首秀，就在石榴剧院上演，而我恰好参与了幕后制作。这出剧的反响很好，所以在第二晚演出结束后，也就是昨天晚上，提塞尔在自己家里举办了一个聚会，本剧的演员、编剧、导演和圈内的知名人士都来了。"

"听好了，弗林特探长。在聚会现场发生了一些事情，可能会让这起谋杀案有新的解释。"

"你到底说不说？"

斯佩克特坏笑了一下。"本杰明·提塞尔是一个舞台剧制作人，就是靠剧院演出吃饭的。但我碰巧得知，就在今早，提赛尔说要取消今晚的演出，希望这一点能让你认识到在那场聚会所发生的并不是小事。"

"难道比谋杀案还严重？"

"对本杰明而言，确实如此。在聚会期间，他的家里遭窃了。"

"这和德拉·库克森有什么关系？"

"看来你还没有看过医生的笔记。"

弗林特摇头。

"她有偷窃癖，她无法控制自己的偷窃行为。这事在石榴剧院是公开的秘密，问题已经严重到她需要寻求里斯医生的帮助了。公众对此并不知情，你明白吗？"他又补充道，"但就在昨晚，在德拉去找里斯医生之前，她偷走了一件价值连城的东西。"

"快告诉我。"弗林特说。

斯佩克特开始讲述自己当时看到的情况，其中结合了在场其他人的叙述。

本杰明·提塞尔家的聚会简直是纸醉金迷，房间中央摆放着香槟酒塔，远处飘来了爵士乐三重奏，《死亡小姐》剧团的年轻成员和他们的同伴尽情扭动着身体。

提塞尔本人非常乐于充当东道主，他特意穿上了一件鲜红色的休闲夹克，谁都可以在人群中一眼找到他。通常情况下，他会以老板的姿态站在剧团的核心成员面前，用巧妙的谈话将他们牢牢地困在自己的话题里，让他们无法脱身。当然，他一直很注意德拉·库克森。

与此同时，斯佩克特则在房间的角落里自顾自地抽着雪茄，并帮提塞尔消灭了几杯利口酒。虽然斯佩克特一直以自己的观察力为傲，但他不得不承认，今天晚上他还不够敏锐。他一直忙着用纸牌和硬币的老把戏逗乐大家，以至于没有注意到提塞尔和德拉走开。

斯佩克特确信，本杰明·提塞尔和德拉·库克森是在聚会的某个节点走开的，两人一起上楼去了。两人走开了大约十分钟。等到他们再次回来的时候，德拉匆匆告别，离开了聚会。当时是晚上十一点左右。提赛尔得知自己的女主角离开了，似乎有点不知所措。不过，在一小时后，也就是午夜时分，当他发现自己已然遭窃的时候，才明白了她匆匆离开的原因。

提塞尔大步走到房间前面，突然挥手示意爵士乐三重奏安静下来。"女士们，先生们！"他在嘈杂的人声中喊道，"谁也不许离场。我有东西被偷了。"

"她偷走了什么？"弗林特好奇问道。

"一幅画，西班牙疯子马诺利托·埃斯皮纳的作品《诞生》。"

"你确定是德拉偷走了画？"

"还没有确定，只是假设。因为她是当晚唯一一名中途离开聚会，没有被搜身的人。"

"难道不能是小偷溜进屋里偷的？"

"提塞尔家的门窗都锁得好好的，只有正门没有锁。但是提塞尔安排了两个女仆在正门招待晚到的客人。女仆可以作证，没有可疑的外人来过。"

"好吧，这事确实很奇怪。"

"实际上，今天早上在你来找我之前，我接到了本杰明·提塞尔打来的电话，他非常想找回自己的画。"

"他和你说了什么？"

"他想让我帮忙调查失窃案。"

弗林特靠在椅背上，难以置信地说："是吗？"

斯派克特耸了耸肩。"他很信任我。而且我对于处理这类犯罪很有一套。"

"除此之外，他还说了什么？"

"他和我说了昨晚他了解到的情况。"

"跟我来，我想给你看点东西。"

本杰明·提赛尔挽着微醺的德拉·库克森离开了气氛热烈的舞厅。他带她走上旋转楼梯，来到一个小房间里。提塞尔的脖子上用细链子挂着两把钥匙，一大一小。他用大钥匙打开了房间的门锁。

"你为什么带我来这里，本杰明？"在黑暗中，德拉打趣似的低声问道。

"我给你看样东西，你肯定喜欢。毕竟你是个既懂艺术又很感性的人。"

月光透过一扇窗户，洒进了这间家具不多的卧室。提塞尔痛苦地低吟一声，费力地跪到窄小的单人床旁，从床底拖出一个大木匣，用脖子上的小钥匙打开匣子，掀开盖子。"请欣赏。"他说着，招呼德拉过来。

德拉的耳边还能隐约听到脚下的舞厅传来爵士乐和舞蹈的欢闹声。她第一次也是最后一次看到了本杰明·提塞尔的藏品。在匣子的天鹅绒内衬里，收纳着一幅镀金木制画框的长方形油画。

"我的天。"德拉说。

"怎么样？"提塞尔问道，显得得意扬扬。"是不是很美？"

这幅画的美简直难以用言语来形容，无论是表达的主题，还是展现出的绘画技巧，都可以称得上精妙绝伦：画中描绘的是一位怀中抱着婴儿的年轻女子。女子的脸如瓷器般光滑，皮肤散发着粉色的红晕，洋溢着喜悦和圣洁。而怀中的婴孩正紧闭双眼，张着小嘴呱呱而泣，仿佛能透过画纸听到他的啼哭声。

"这就是马诺利托·埃斯皮纳的《诞生》，"提塞尔介绍道，"是不是给人一种神圣感？"

德拉目光向下紧盯着画。

"原谅我这个老傻瓜爱显摆，但我实在忍不住想和一个真正能欣赏它的人分享这幅画。"

"你从哪里得到它的？"德拉问。

"在旅行途中买到的，那名卖家并不了解这件作品的真正价值，"提塞尔答道，"怎么样，德拉？你怎么看？"

"你打算拿这幅画做什么？"

"做什么？德拉，这是我的私人收藏，我什么都不想做。"

"你不想和大家分享或展示它吗？"

"我绝不会把这样的杰作展示出来的，这样太俗气了，还会大大影响欣赏它的仪式感。至于分享……好吧，我现在就和你分享。"

"你打算就这样把它一直放在这个床底下？"

"亲爱的德拉，你可能感受不到，"提塞尔说道，"其实这幅画是有生命的，它会呼吸，所以我才决定把它放在这个房间的木匣子里。我家就这个房间通风最好。这幅画是很难伺候的老古董，如果受到阳光直晒或是温度发生明显变化，画就会开裂和卷曲。在月光下，我才能欣赏到它最美的一面。"

德拉不得不承认，在暗金色的镀金画框衬托下，这幅画毫无疑问是真正的天才之作。

提塞尔的嘴角微微上扬，似乎很满意。德拉的反应和他想的一样。"说出你真实的评价。"

"我……"德拉还没说完，就踉踉跄跄地跌向一边，手肘撞到了提塞尔。他立刻关上匣子，把钥匙塞进锁孔，飞快地转了一下钥匙，画就被安全锁在木匣里了。然后，他把两把钥匙挂回脖子上，把注意力转向了德拉。

"亲爱的，你怎么了？"

"没什么，"她轻声说，"我很好。"然而她的目光紧紧地盯着匣子。

提赛尔带着她离开房间，锁好了房门，又带她走下楼梯，回到了聚会现场。

"我想我得先走了。"在乐队的演奏声中，德拉这样说道。

"亲爱的，当然可以。"提塞尔说道。她用双臂搂住这个小胖子，亲吻了一下他的脸颊。

德拉走去正门口时碰上了斯佩克特。"怎么了，德拉？"

"我要去见个人。"她说。

"发生什么事了吗？"

她没有回答便夺门而出。此时天还没有下雨，街上死一般地寂静。斯佩克特清楚地听到高跟鞋踏在石板路上的回响，一直到德拉的脚步声远去。

马诺利托·埃斯皮纳死于一八二〇年左右。在他生命的最后十年里，他因自身精神失常而做出的出格行为闻名，而留下的画作也同样留名于世。他最著名的作品《世界尽头的庭院》目前藏于国家美术馆。即使放到现在，这幅作品也会引起社会保守派的愤怒：这样伤风败俗的画作竟然会出现在艺术殿堂里！

人们在埃斯皮纳生前称呼他为"疯子"，这一绰号至今仍使他的作品蒙上一层阴影。人们容易忘记埃斯皮纳作为精神分裂症患者的同时，还是一名成就很高的画家，许多人对他的固有印象就只是一名会发狂的疯子罢了。然而，他在创作《诞生》的时候，还只是个无忧无虑的青年，彼时内心的黑暗尚未笼罩他的生活。这幅画中，他描绘人物的笔触柔软细腻，让人看了忍不住想要伸手触摸。

众所周知，马诺利托·埃斯皮纳最后成了一名发疯的隐居者，醉心于在画布上肆意挥洒黑暗和堕落，但提塞尔的收藏品看上去更像是一位敏感的年轻艺术家的创作，无论是年轻女子眼中深切的母爱，还是她怀中啼哭的婴孩，都被表现得栩栩如生。人们平时总将埃斯皮纳和他画中常见的腐烂肉体、宗教酷刑联系在一起，这些无不展现出宗教法庭和群魔乱舞的恐怖。但人们却忽略了他善于捕捉人性柔软之处的能力，他将人类情感与原始的爱毫无遮掩地展示出来。《诞生》里的模特都是匿名人物，反而更增添了作品的神秘趣味，也让人不禁怀疑这个西班牙疯子是否真的有传闻中那么疯狂。

可以确定的是，直到昨晚之前这幅画一直在提塞尔的手上，而现在却凭空消失了。这幅画原本被锁在一个匣子中，藏在一个昏暗的房间里。房间和匣子都各有一把钥匙，提赛尔用链子把两把钥匙挂在了脖子上。他和客人们在吊灯下起舞时，胸前的两把钥匙在灯光下闪闪发亮。可是接着，钥匙和画都如变戏法般消失不见了。

聚会中止了，警察赶到了现场。在场的每一个人，包括所有客人都接受了警察的清点和搜身。客人们纷纷表示抗议。斯佩克特也不得不接受搜身。然而那幅画彻底消失了，而现场客人中唯一的漏网之鱼只有德拉·库克森。

当斯佩克特向探长描述完事情的经过后，弗林特坐在原地没有说话，若有所思地看着壁炉上方的鹿头。

"那画框呢？"弗林特问道。

"也不见了，画和画框都找不到了，"斯佩克特似乎很激动，"房间的窗户是从里侧闩上的，当然，窗户本身就很小，无论如何也不可能把画从窗户弄出去。总而言之，算上镀金木画框，整幅画长两英尺，宽一英尺。而卧室里的方形窗户却只有八英寸见方。因此我们能得出什么结论呢？小偷一定是走楼梯带走这幅画的。提塞尔家里有两个楼梯，如果小偷是走仆人的楼梯，那么下楼后必然要经过舞厅到达正门。哪怕大家都喝得醉醺醺的，也不可能注意不到。那就只剩下走廊上的主楼梯了。但主楼梯的楼梯口有两名女仆在站岗，她们不会同时离岗。如果有客人拿着一幅价值连城的画离开，她们肯定会注意到。你应该也感受到这是个棘手的谜团了吧。"

"我需要和提塞尔当面谈谈。"弗林特说。

"我建议不要。"

"为什么？"

"他一个字也不会告诉你的。记住，他可能是通过不正当手段得到这幅画的。他甚至不想让人知道画在他手里。所以，如果有警察出现在他家门口，和他说什么谋杀案，我可以保证他会叫着跑去找律师。"

弗林特哼了一声。"你说得对。听你这么说来，他好像还没给画上保险。但失窃的画和里斯医生的死有什么关系呢？"

"我不清楚。可能没有任何关系。但不可否认的是，昨晚发生了一起艺术品盗窃案，以及一起不可思议的谋杀案，而在两起案件的现场，德拉·库克森都碰巧出现了。所以我相信她一定是个关键人物。"

斯佩克特从耳后拿出一支雪茄，夹在他薄薄的嘴唇间，用火柴点燃。"但我认为我们最好等待时机。我了解德拉，她就像一只潜伏在林中的小鹿。如果我们靠得太近或是动静太大，她就会逃跑。"

"你们这些搞戏剧的都不是省油的灯。"弗林特狡黠地撇撇嘴。

"好了，"斯佩克特说，"我们最好立刻行动起来，不是吗？"

"去哪儿？"

斯佩克特拿起扑克牌，手指轻轻一挥，扑克牌消失了。他说道："当然是去多里斯山。"

第六章 蛇人

里斯家的宅邸里挤满了制服警察。尸体已经运走了，但书房的地毯上还留着干掉的血迹，空气中弥漫着铜锈似的血腥味。斯佩克特披着斗篷，拄着银手杖，和弗林特一起借着白天的光线，查看了现场的情况。当然，结论还是和原来一样：里斯医生遇害的时候，房门和落地窗都是锁上的，而且一旦锁上，就没有任何办法进出房间了。斯佩克特甚至检查了空木箱，但也没有任何发现。

"医生的女儿在哪儿？"他问。

"在客厅里。"

"我能和她谈谈吗？"

"当然。"

弗林特带着他走出书房，来到旁边的客厅。利迪娅·里斯看起来安静而镇定，坐在凹窗前，窗外雨雾蒙蒙。

"你是哪位？"她说。

"我叫约瑟夫·斯佩克特，"老人回答道，"请节哀顺变。"

"谢谢。我之前好像见过你吧？前天晚上在剧院看戏的时候？"

她对昨晚发生的事情做出了细致的分析，并坦率地回答了斯佩克特的问题。

"如果我没有理解错的话，"利迪娅说，声音中透着冰冷，"我父亲是在某种不可思议的情况下被杀害的，是被某种非常邪恶的东西杀害的，看起来就像是幽灵所为。"

"关于这一点，"斯佩克特声音清亮而优雅地回答道，"暂时还不能下定论。"

"我和马库斯整晚都在一起。我们出去吃饭，然后在帕尔米拉喝酒。"

"明白，晚餐在哪儿吃的？"

"萨沃伊餐厅。我们八点到那儿的，订座记录在餐厅的账本上能查到，我相信你们肯定能在餐厅找到目击证人。我们在餐厅一直待到十点左右，服务员会告诉你们我们离开的具体时间。从萨沃伊餐厅出来之后，我们直接上了一辆出租车。我不记得车牌号了，但是餐厅的门卫能告诉你们。"

"你们直接去了帕尔米拉？"

"对的，大概十分钟之后就到了。帕尔米拉的门卫可以帮我们做证。"

"你们在夜店待了多久？"

"至少到十二点才走的。我不记得确切的时间了，不过我和马库斯可以给对方提供不在场证明，我们是一起回来的。后面的事情你们都知道了。"

"我了解了。关于你父亲的病人，你有什么线索吗？"

"我父亲有三个病人，也只有这三个。我父亲常会和我讨论……"她纠正了一下自己的说辞，"他生前常会把他们的病情拿出来和我讨论。我也看过他的笔记，但这些完全是出于工作的需要，你们应该明白。我私下里和三个病人都不认识。"

"但是你在家里见到过他们，对吧？"

"我从不在父亲接诊的时候露面。"

"好——那么第一个病人是谁？"

"病人 A，我父亲在笔记里是这样称呼他的，真名叫弗洛伊德·斯滕豪斯，是乐团的音乐家。当我们刚到英国的时候，他是第一个找我父亲看病的人。病人 B 是德拉·库克森，你们都认识的。病人 C 是小说家克劳德·韦弗，他的妻子担心他的精神状况，所以把他介绍给了我们。"

"你能告诉我你父亲治疗病人的细节吗?"

"我父亲都做了严格的记录，就在书房里。除此之外，我能说的也不多。"

"你个人有没有观察到什么小细节。"

"请原谅，"利迪娅说，"我在这方面不是一个很敏锐的人。"

"什么都没有？有没有哪个病人产生仇恨的情绪，或者病情恶化，或者有暴力倾向?"

她用坚定的目光盯着斯佩克特。"请自己去查笔记。如果上面写了，那自然就有。"

"原谅我直说了，"斯佩克特继续说道，"虽然你的父亲死了，但你表现得非常冷静镇定。"

她直直地看着他。"可悲的是，我觉得我父亲其实在很久之前就死掉了。早在我们离开维也纳之前的很多年前，他卓越的思想和超群的感知力都已不复存在，肉体随之消亡是早晚的事。"

"为什么这样说?"

她叹了口气，下定决心似的，主动说起了一个显然令人不安的话题。"维也纳的报纸称他为'蛇人'。"

"谁?"

"他是我父亲的一个病人。一个非常棘手的病例。当然，那是很多年前的事了。那时我才十岁。"

"抱歉，"弗林特插嘴道，"这和你父亲的谋杀案有关吗？"

"很有可能。蛇人反复做着同一个噩梦，梦中有一条巨大的蛇。我父亲诊断他其实内心非常恐惧自己的孩子，诊断是正确的。那条蛇正是他孩子的象征——他有一个女儿。这个梦境表明父女之间存在着某种充满恶意的病态关系。对了，蛇人的病例是公开出版的记录，我父亲出版过很多自己病例的笔记。"

"你认为是蛇人的死引发了昨晚的案件？"

利迪娅朝着他眨眨眼，咬着嘴唇。"我父亲当时的诊所在维也纳的郊外，蛇人在诊所里住了几个月。我父亲采用了高强度的治疗，但结果却失败了。这是我父亲唯一一次失败。"

"所以……他没有治好蛇人？"

"一天早上，我父亲去蛇人的房间里探望他，却发现他躺在床上，割开了自己的喉咙，右手还软绵绵地握着一把刀片。在往后的日子里，我父亲始终无法忘却这恐怖的一幕，蛇人的死给他带来的不只是打击，更是诊断失败的痛苦。他有时会说，如果当时蛇人碰到一位更好的心理医生，也许就不会自杀了。我父亲无法接受自己的失败。"

"对于蛇人你有什么了解？"

"一九二一年秋天，我父亲在瓦豪河谷的诊所对蛇人进行了为期十一周的治疗，但直到一九二五年才公开发表了病例记录，而且我父亲还不太情愿。就像我父亲的其他著作一样，这篇文章也引起了轰动。但'蛇人'的真实身份鲜为人知。"

"那你知道吗？"斯佩克特问道。

利迪娅摇了摇头。"这是我父亲保守了一辈子的秘密。我也是几年前才知道蛇人的事情，当时我正在攻读博士学位。我想父亲大概是觉得我已经长大成人，能够接受这种事了，也想让我引以为戒。"

"引以为戒？"

"让我提醒自己不要在治疗病人时扮演上帝，把自己的意志强加到病人的身上，时刻保持清醒，认识到精神病学家的能力是有限的。"

"你为什么认为父亲的死和蛇人有关？"

"据我所知，除了当年查案的警察，父亲只和我透露过蛇人的真实死因。现在，我父亲又同样死于割喉……"

"过于巧合。"斯佩克特补充道。

"我说了，蛇人的病例是公开出版的。我好像就有一本。"她在书架上找了一下，最终拿出一本皮面装订的书。她把书递给斯佩克特。斯佩克特翻开看了一眼扉页：安塞尔姆·里斯的案例研究。

"我能借一下这本书吗？"

"当然。也许等你看完，你就会明白为什么我认为父亲可能是自杀了。"

弗林特和斯佩克特面面相觑。接着，弗林特小心翼翼地问道："我不得不说，这案子不太可能是自杀。首先，我们在书房里没找到凶器，你父亲用什么来割开自己的喉咙呢？而且，关于昨晚的神秘客人，我们也还没有查清身份呢。"

利迪娅嘴角闪过一丝笑意。"我想你们可能严重低估了我父亲有多聪明。"

"什么意思？"

"嗯……你们有没有考虑过一种可能性……也许那个神秘客人

其实就是我父亲?"

弗林特不由自主地哼了一声。"怎么说，里斯小姐?"

"我父亲这样做的理由也许很难捉摸。但我认为，我父亲让特纳太太在不知情的情况下协助自己完成了一场自杀的闹剧。"

"但他为什么要这么做呢?"斯佩克特问道，"为什么他要让奥利芙相信家里真来了一位客人，而实际上这人是他自己假扮的?"

"他觉得自杀很丢脸。自杀是很不体面的事，像我父亲这样的人是很难接受的。如果捏造出一个凭空消失的凶手，他悲惨的自杀真相就不会公之于众了。"

"他真的能假扮成功吗?"

她叹了口气。"这既是病理学的问题，又是心理学的问题。你们必须考虑到，我父亲很精通人的心理。说不定，在我们说话的这会儿功夫，你们脑子里闪过的每一个设想，他早就都考虑过了。你们的思路被他给误导了。"

弗林特坐回座位上。"你的意思是他故布疑阵?他有意制造一起不可能的密室杀人案，是为了让这起案子看起来不像是自杀。"

她耸了耸肩。"你是探长，你自有判断。我只能告诉你，我父亲已经死了。但蛇人的死和眼前的案子有一种相互的对应关系，你不觉得吗?探长，蛇人是自己割喉而死的，用刀片狠狠地切开喉管，几乎是身首异处了。你能想象一个人是受到多大的折磨，才会对自己做出这种可怕的事情吗?"

"我想象不到。"弗林特严肃地说。

"我父亲能想象到，"利迪娅补充道，"也许你应该考虑一下这种可能。"

他们随后很快就告别了利迪娅。显然，她提供不了更多的线索了。

"我要见一下女管家。"在离开书房之后，斯佩克特用沙哑的声音对弗林特说。

他们在厨房找到了她。她正努力假装前一晚的事情只是一场噩梦。她走来走去，一会儿掸灰尘，一会儿烧水，总之尽力让自己看起来忙碌。

奥利芙·特纳的面相很柔和，眼窝深陷，上唇微微翘起，给人一种自带圣洁的平静。她才五十出头，是个无儿无女的寡妇，穿着臃肿的连衣裙和羊毛开衫，头发带着小卷。无论是她的外表还是举止，都透着一种谦卑，但一口高调的东伦敦口音却给人相反的感觉，她的朋友们亲切地称之为"鱼鹰的叫声"。

斯佩克特说服她在厨房的餐桌旁坐了下来，开始温和地询问她。

"你喜欢你的女主人吗？"

"你是说里斯小姐？当然，她是一个讨人喜欢又很聪明的小姑娘。"

"她和我们说，她昨天和她的男朋友出门了，是么？"

"是的。他那天很早就邀请过她了。"

"打电话问的？"

"是的。"

"你接的电话？"

"我接的。里斯小姐不想和他说话，所以我帮忙传达了一下。"

斯佩克特皱着眉。"你不觉得这很奇怪吗？"

"是的，要说奇怪也是奇怪。但是里斯小姐是一个有意思的小姑娘，让人猜不透，你明白我的意思么？"

"她当时生气了吗？"

"好像有点。不过她本来就容易生气，这就是她的性格。你也知道，这些欧洲人嘛，天佑他们。"

"当男朋友来接她时，她没有发火吧？"

"我没看到，先生。我当时在厨房给医生准备晚饭。"

"做了哪些菜？"

"炖牛肉还有土豆。"

"他全吃了？"

"是的，先生。我还给他准备了餐后奶酪盘。"

"好的，特纳太太，我要问你一个问题。我不想吓到你，但请你诚实回答，尽可能回答得详细些。"

奥利芙回答道："我尽力。"

"请你说说，昨晚来访的那个男人怎么样？"

奥利芙的眼里像是飘进了乌云，一下子变得阴沉。"我只能告诉你一件事，先生。我希望在我有生之年再也不要碰到这样的怪人了。"

第七章　迪弗雷纳公寓

斯佩克特和弗林特匆匆离开了多里斯山。

斯佩克特声称自己已经了解到了他想要知道的现场情况。但同时，他看起来很不满意。

"接下来，我们去哪儿呢？"当他们回到车上后，弗林特问道。

斯佩克特想了一下。"你刚才提到里斯医生在死前接过一个电话，是么？"

"你是说病人 A 弗洛伊德·斯滕豪斯？就在案发前一两分钟，他打电话到里斯医生的家里，跟他通了电话。"

斯佩克特点了点头。"好。我们接下来就去拜访他。"于是，他们快马加鞭地赶往下一个地点。

当弗洛伊德·斯滕豪斯没有跟着爱乐乐团在世界巡回演出的时候，就住在靠近克兰里花园附近的迪弗雷纳，这是一所优雅的装饰艺术风格的公寓。公寓楼的正面宛如一块荒凉而干净的石板，仿佛是茂瑙①电影中的某个反乌托邦场景。

迪弗雷纳是一栋有六十套公寓的五层高楼。公寓楼的弧形外墙正对着奎特屋广场，内部采用了新的装饰艺术风格，由米色砖砌成，并饰有野兽主义的窗棂。在这样豪华的公寓里，不熟悉的人也

---

① F.W. Murnau（1888—1931），德国著名默片导演。

许会迷路，但是非常适合避开世俗的烦扰。斯滕豪斯的公寓在四楼。斯佩克特站在外街的人行道上抬头仰望，尝试寻找他家的窗户却以失败告终。因为斯滕豪斯的公寓其实面向建筑后方的鹅卵石庭院，从街上根本看不到。

斯佩克特和弗林特走进大理石砌的大堂。弗林特快步走向前台，前台的服务员打量着两人，面前放着一本登记册。"先生们，有什么可以帮你们的吗？"他说。

"你好，"弗林特说着，把警察证放在前台上，"我们是来找弗洛伊德·斯滕豪斯的。"

"你们和他有约吗，先生？"前台服务员很镇定。

弗林特向前倾了倾身子，手肘压在了登记册的纸面上。"别闹了。他住在哪儿？"

"四楼，408 室。"

斯佩克特也走上前。"先生，请问你的名字是？"

前台服务员先是愣了一下，然后才回过神，看起来有点滑稽，好像这是第一次有人问他这样的问题。"罗伊斯，"他说，"我叫罗伊斯。"

斯佩克特点了点手指，凭空变出一张卡片。"告诉我一个数字，罗伊斯。1 到 10 之间。快点，有劳了。"

前台服务员有点困惑，然后说道："7。"

"啊，"斯佩克特很满意，"我就猜到是这个。"他把手指间的卡片翻过来，卡片的背面果然写着数字 7。他把卡片递了过去。"给你，罗伊斯，留个纪念。"说完，他轻手轻脚地走开了。

"这是怎么回事？"当他们朝着电梯走去的时候，弗林特问道。

"显而易见。①请原谅我公然借用这句话。我在拇指的指甲上沾了一点石墨，在他说出数字的时候，我的指甲同时在卡片上写下了数字。"

"不，我是说，你为什么要问前台服务员的名字？"

"高级公寓的服务员有一大通病，就是态度傲慢。偶尔让他们措手不及，能灭灭他们的威风。"

弗林特发现约瑟夫·斯佩克特有点意思。这个老头面对不同的人，会根据对方的情况展现不同年龄的特征。他的变化很微妙，几乎难以察觉，却非常有效。

当他想要显得年轻一点时，会将肩膀向后拉直，并挺起后背，使身高从视觉上变得更高。更让人疑惑的是，他的脸都会看起来更年轻，皱纹也少了，淡蓝色的眼睛会变得深邃。原本老人用来助步的银手杖在此时也变成一种装饰品。

而当他想显得苍老时，他就会佝偻身子，脸露皱纹，整个人看起来很虚弱。他的声音甚至会出现令人不舒服的颤音。真是了不起。他在你眼前可以一下子变老几十岁。总的来说，弗林特从未见过如此迷人的戏法。

电梯操作员看起来就像一个在美国知名酒店打过工的难民，他穿着绣着金边的红色制服，头上戴着一顶平顶圆帽，帽子的带子绑在下巴上。小伙子大概只有十六岁，当他让两位男士进入电梯时，他的脚掌愉快地踏着地面。

"你们是来看朋友的？"当电梯往上的时候，电梯操作员快活地问道。

---

① 出自福尔摩斯短篇小说《驼背人》里的名言。

弗林特盯着电梯操作员，闭口不谈。斯佩克特则比较坦率。"我们来拜访一位住在四楼的先生。斯滕豪斯先生。"

"好吧，"电梯操作员说，"这就说得通了。"

"什么意思？"弗林特急忙问道。

"你们是来带他出去透透气的，是么？我一直觉得他是个呆子。"

"为什么这么说？"

"他是个……你们这边的文雅人怎么说来着……隐士。害怕外界的打扰。我怎么也不明白这样的人怎么能在伦敦生存的。"

"你叫什么名字，年轻人？"

"皮特·霍布斯，先生。"

"你在这里工作多久了？"

"大约一年了，先生。"

"你能具体和我们说说他的情况吗？"

皮特·霍布斯眯起眼睛凝视着前方，作出一副仔细思考的神情。"很自我。比如，上周我们叫人来维修电梯。天哪，他那副样子好像天塌了似的，在前台大发雷霆，嚷嚷着用不了电梯有多麻烦。"

"还有呢？"

"吝啬鬼，从不给小费。他整天拉他那该死的小提琴，对不起，我说了脏话。"

弗林特和斯佩克特饶有趣味地交换了一下眼神。"就这些吗？"弗林特说。

"恕我直言，先生，我认为这就够让人受不了的了。"

哐当一声，电梯到了四楼。电梯操作员打开门后便站停等候，目送两位乘客先后离开。斯佩克特这才想起来递给他半个克朗。

"你真是太好了，先生，"男孩说，"上帝保佑你。"

"你觉得怎么样？"斯佩克特低声问弗林特，两人并肩走在走廊上。

"我觉得这个斯滕豪斯一听就是里斯医生的病人。"

他们敲了敲408室的门。

"哪位？"屋里传来了回应。

"我是弗林特探长，先生。从苏格兰场来的。"

正门拉开了一条缝，病人A现身了——和斯佩克特预想中的完全不同。首先，他个子很高，之前听说他性格敏感，斯佩克特误以为他是一个混在人群里就找不到的小个子。然而，这家伙身高超过六英尺，略微有点啤酒肚，不过四肢瘦长，棱角分明，完全融入了这栋公寓楼的装饰风格。

他的脸圆如餐盘，长得很规整，但显得有些平凡。如果让小孩子画一个英雄人物或电影明星，可能会画出一张这样的脸。但他的脸型轮廓不分明，表情也不多，一双黑眼睛的眼距较窄，而且眨眼有点频繁。

"警察？你们想干吗？"

"安塞尔姆·里斯医生死了。他是你的心理医生，没错吧？"

斯滕豪斯倒吸了一口气。"死了……"他重复道。

"没错。里斯医生死了。准确来说，他是被谋杀的。"

斯滕豪斯没有做出任何斯佩克特预期的反应。他只是让他们进了屋。

"很抱歉带来了这样的坏消息，先生，"弗林特走进去，"是昨晚发生的。"

"谋杀。"斯滕豪斯又重复了一遍，像是在回味这两个字。

"我们要调查他生前的每一个病人，看看是谁做了这种事。"

听完这一句，斯滕豪斯突然激动起来，滔滔不绝道："先生们，请原谅我，我不习惯在这个时候接待访客，你们带来的消息不仅让我震惊，也让我深感不安。这是骇人听闻的罪行，是最恶劣的罪行，请相信我，我会尽全力协助你们抓住凶手，有什么想问的就尽管开口吧。要知道，里斯医生是我的英雄，是我的偶像，是我唯一信任的人，所以我才会把我的噩梦、秘密和内心的恐惧都告诉他——"

弗林特打断道："事情就发生在昨晚午夜的时候，你当时在哪儿？"

斯滕豪斯愣住了。"午夜的时候，"他重复道，脸也跟着抽搐了一下，充满了警觉，"我就在这里，在床上睡觉。"

"有人可以作证吗？"

斯滕豪斯眨了眨眼。"你这话是什么意思？我说的都是真话。我正在睡觉，而且……"他没有继续说下去。

"你怎么了？"斯佩克特追问道。

"在午夜之前，我给他打过一个电话。"

"什么电话，方便说说吗？"

"我这段时间一直在做噩梦，但不是那种普通的噩梦。每次天一黑，我都不敢睡觉。里斯医生一直在帮我分析噩梦背后的原因，帮我认识我的大脑是怎样运作的。昨晚我十一点左右上床睡觉，做了一个特别可怕的梦。十一点半左右，我从梦中醒来，感觉非常难受，就立刻打电话给医生了。我承认自己是一时兴起，但我需要找人谈谈。"

"所以你十一点半的时候和医生通过电话？他听上去怎么样？"

"非常正常。稍微有点烦躁，毕竟我这么晚打电话给他，说实话完全可以理解。"

"我再确认一下，"探长说，"所以你没法证明昨晚你一直在这里？"

斯滕豪斯似乎受到了冒犯。"你可以去问电梯操作员皮特。他会告诉你，我没出过门。"

"但他只能证明你没有坐电梯下楼。像这样现代化的楼里肯定同时有配备电梯和楼梯。"

斯滕豪斯咬牙说道："你去问问门卫，或者值夜班的前台。他们会告诉你，我从没离开这栋楼。昨晚我一直在这里。对了，你们也可以查一下电话记录。"

弗林特点头。"请别误会，"他转而安抚起来，"我们只是不想放过任何可能性，并非有意冒犯。"

"你应该注意和别人说话的态度。我是绝对不会伤害里斯医生的。说真的，他是唯一能帮到我的人。他品行高尚，维也纳人都这样。我跟随爱乐乐团去过一次维也纳，那可真是个好地方。"

"说到你给医生打的电话，"斯佩克特插话道，试图把话题拉回正轨，"医生具体对你说了些什么，方便说说吗？有什么不寻常或奇怪的地方吗？"

斯滕豪斯回想了一下。"他怪我这么晚打电话，但他也认为我做的梦很有意思。所以他把梦记了下来，方便我们之后讨论。他还邀请我明天——也就是今天——去拜访他。"

"是什么样的梦？"

"这和案子有什么关系？"

斯佩克特尴尬地微微一笑。"只是单纯好奇。我相信没有什么关系。"

"这个梦是我和里斯医生之间的秘密。我不想在这里和你们进一步讨论。你们没搜查令,没法逼问我。"

"即使有搜查令,"弗林特补充,"也很难逼问你。"

"那就好。好了,现在请你们走吧,我想一个人静一下。我脾气不好。"

"斯滕豪斯先生,你家里最近装修了吗?"斯佩克特环顾整个房间问道。他的目光注意到了窗边摆放的一个圆盘小闹钟。他觉得这个地方很奇怪,难道斯滕豪斯容易在窗边睡着吗?

"装修?为什么这样问?"

"我好像闻到了一点油漆的味道。"

"你有幻觉,"斯滕豪斯说,"找个心理医生看一下吧。"

弗林特和斯佩克特往门口走去。在他们离开前,斯滕豪斯把手伸向旁边柜子上的托盘,拿起一杯苏格兰威士忌。他一饮而尽,把酒杯放回桌上,但是酒杯并没有发出叮当的响声,而是落在了柔软的橡胶垫上。

在离开迪弗雷纳之前,弗林特特地又去了一趟前台。"昨晚是你值班吗?"他问前台服务员。

"是的,先生。"罗伊斯回答。

"你昨天晚上有没有见到过弗洛伊德·斯滕豪斯?"

"斯滕豪斯先生?恐怕没有。"

"他没有下楼来过大堂?"

"我没有见过。我想想。他昨天晚上好像参加了乐团演出,他大概是十点的时候回来的。"

"他直接上楼去了?"

"是的,先生。"

"然后他没有再下来过?"

"是的,先生。"

"有什么办法可以不经过大堂离开这栋楼,而且不会被人发现?"

"应该没有。他只能从厨房或者洗衣房离开。但是肯定会有人看到他。我刚好知道这两个房间昨天整晚都有人在值班。"

弗林特满意地点了点头。他们离开了公寓楼。

"现在算是个什么进展?"探长问道。

"有几条不同的线索。本杰明·提塞尔的画是其中之一,显然画是被德拉·库克森偷走的,不过我们不知道她是怎么从众人的眼皮底下偷走的。"

"嗯,那你怎么看蛇人和本案的关联?"

"很难说。即便这两起事件相隔这么多年,而且还发生在两个国家,但无法忽视的一点是,蛇人和里斯医生的死法极为相似。不过,在我们找到蛇人的更多线索之前还不能下结论。比如说,你有没有想过这个蛇人有家庭,他的家人可能会把他的自杀怪罪到里斯医生头上?"

"利迪娅的自杀假设呢?你觉得她父亲会不会是个聪明的疯子,想出了某种高明的自杀计划?"

"说实话,我觉得不可能。不过,我以前也因妄下定论而犯过错。"斯佩克特继续往前走。

"那接下来我们去哪儿?"弗林特最终问道,"去找德拉·库克森?"

"先别急。我们见过了病人 A,而且我们也都认识病人 B。是时候去找病人 C 谈谈了,你觉得呢?"

第八章　病人 C

"可悲的事实是，我丈夫最近不太对劲。"罗斯玛丽·韦弗开口说道。

他们坐在她家的客厅里，客厅整体色调是橄榄绿色，屋里带着一股潮湿发霉的气息。约瑟夫·斯佩克特觉得他这辈子很难再看到这么丑的屋子了。韦弗家住在汉普斯特，和本杰明·提塞尔的家只隔了几条街。

罗斯玛丽·韦弗微笑着倒茶。阴沉的清晨过去了，此时的天气变得明亮清爽。雨下了一整夜，让空气变得清新舒爽。

"怎么个不对劲?"斯佩克特问道。

"他不太说话，一副郁闷的样子。最近他向我承认他有一种莫名的恐惧感。"

"恐惧什么?"

她身体前倾，压低声音说道，"怕自己会发疯。"

斯佩克特和弗林特面面相觑。

"我可以向你们保证，"罗斯玛丽坚持道，"我自己从来都不相信这事。克劳德一直是一个容易焦虑的人。他最近有很多心事。"

"所以他向里斯医生求助?"

"是我提议的。我丈夫的生活琐事都是我在打理。我给他安排了初次问诊，并且一直密切关注他的病情进展。"

"在你看来，你丈夫有没有表现出所谓的暴力倾向？"

韦弗太太直接大笑了起来。"先生们！我丈夫肯定是你们见过的最仁慈的人。别被他的那些杀人小说误导了。他很善于制造恐怖和悬疑气氛，但在现实生活中，他是一位举止得体的英国绅士。他相当害羞，低调谦逊。他不喜欢成为其他人的焦点。"

"可否问一下，他现在人在哪儿？"

"在花园里，他很快就来了。"

"好的。我还要再问你一件事。"

"请便。"

"你知道你丈夫昨天晚上在哪儿吗？"

她的嘴角咧得更开了，看起来就像戴着面具般不自然。"和他的出版商见了面。你不会是怀疑我丈夫和里斯医生的死有关吧？"

她注意到弗林特充满怀疑的眼神，便解释道："这事我和丈夫在今早的报纸上已经看到了。"

"我们有义务调查一切的可能性，太太，"弗林特老练地摆出一副自傲的模样，"出版商叫什么？"

"他叫特威迪。我一点都不喜欢他，为人粗俗，就像那种暴发户一样。"

这时，克劳德·韦弗走进了客厅，大家才松了一口气。和弗洛伊德·斯滕豪斯不同的是，他显得更加冷静沉着。他只穿了一件衬衫，嘴上随意地叼着一根香烟。他头发稀疏，整个人瘦骨嶙峋，但面色却极为红润。这两个陌生客人的出现似乎并没有吓到他。

"你们好。"他说。

韦弗太太介绍了两人的情况，韦弗很快了解到他们的来意。他坐在妻子身边，一边慢慢地点头，一边把烟灰弹到一个备用茶杯里。

"你妻子告诉我们，你昨晚和出版商见面了。"弗林特提示道。

"没错，和特威迪。"

"明白，"弗林特说着，在笔记本上飞快地记录，"你接受里斯医生的治疗已经有一段时间了？"

韦弗清清嗓子，第一次表现出了不自然的神态。"是的，但是我不太想和你们讨论这件事。"

"我可以保证，我们对调查到的一切内容会严格保密。我们唯一在意的就是抓住真凶。在你和医生谈话的过程中，有没有了解到他的私人生活？"

"没有，他很专业。他只专注于手头的工作。"

"我知道心理治疗的过程都很长，他有没有对你说过什么话，表明他担心自己的生命受到威胁，或者有没有提到什么仇家？"

"这怎么可能呢？他在这个国家都没待多久，我敢说他打过交道的对象就是病人和他家里人。"

"你见过他的女儿吗？"

"见过，是在走廊上偶然碰到的。她是个迷人的小姑娘，"他说，坚定地将目光从妻子身上移开，然后补充道，"就是有点强势。"

"在你的印象里，她像是会做出暴力行为的人吗？"

"听着，"韦弗说着，身体凑上前，手肘支在膝盖上，"在里斯医生给我看病的过程中，我学到了很重要的一点：所有人都可能做出不符合自己个性的行为。"

韦弗太太这时插话说："我丈夫最近有很多事情要忙，精神状况一直不太好。"

韦弗清了清嗓子。"我妻子觉得有必要替我说几句。但事实上，我已经接受了自身的局限性，我是一个喜欢独处的人。这样的性格从事小说家这种职业时，心理健康很可能会出现问题。但另一方面，这也不完全是坏事。里斯医生让我知道，我应该接纳自己的问题。"

"但我们说的不只是关于你厌世的问题，"韦弗太太插话道，"告诉他们吧，克劳德。"

韦弗叹了口气。他坐了一会儿，恢复了镇定。"你们听说过'神游状态'吗？"

弗林特慢慢地摇了摇头，斯佩克特却说："你是说短期失忆？意识断片？"

"对的，"他下定决心，继续说道，"从去年开始，我有时候会陷入这种状态。不用说，我为此很担忧。"

"这种情况并不罕见，"斯佩克特说，"尤其是在作家中间很常见。你一定还记得克里斯蒂夫人吧，她曾经失踪了十一天，当人们找到她的时候，她完全不记得这些天自己遭遇了什么。我想那是一九二六年的事了。大概是在她出版《罗杰疑案》的时候。甚至有人猜测她的失踪是为了给新书宣传增加噱头。"

"《罗杰疑案》？"弗林特说，"我记得看过这本书。整本书都像是骗人的。"

"真的？"斯佩克特漫不经心地说，"我倒认为这是本杰作。"

"我们和克里斯蒂夫人很熟，"罗斯玛丽说，"她和我丈夫都是侦探作家俱乐部①的大人物。"

"你的神游状态有什么具体的表现？"斯佩克特问道，他还探了

---

① 一个英国推理作家组成的俱乐部，成立于1930年左右。

探身子，好像终于对他们的谈话来了兴趣。

"事情始于去年一月，"韦弗解释道，"我发现自己在伯蒙奇，却不知道自己是怎么到那里的。当时我本该约好了去见特威迪，但显然我失约了。当我醒过来的时候，我发现口袋里有一张火车票，还有一个罗宾逊俱乐部的火柴盒——你知道的，那是一个绅士俱乐部。我对此感到不安，并试图弄清楚自己在这几个小时做了什么，但没有头绪。我找不到任何见我或和我说过话的人。那几个小时的记忆完全是空白的，我不记得发生了什么。"

"在此之后，你还有过类似的情况吗？"

"有过几次，但是没有什么危险的事情发生，就像是宿醉那种头痛欲裂的感觉。但我从不喝酒。这种神游的状态严重影响到了我的心理健康。更不用说我妻子为此非常担心。我无法写作，无法思考，也不能远行，根本什么也做不了。我很怕再次陷入神游状态。"

弗林特清了清嗓子。"但我想明确一点，先生，在里斯医生遇害时，你应该能确定自己当时在哪儿吧？"

韦弗又恢复了一贯的幽默。"我很确定，探长。我是一个非常真诚的人。不过，我相信你会亲自调查清楚的。"

弗林特警惕地回以微笑。"我会的，先生。"

第九章　病例记录

"乱上加乱，"在离开韦弗家的时候，弗林特对斯佩克特说道，"我几乎快要相信医生是自杀的假设了。"

约瑟夫·斯佩克特大笑。"我得承认这个假设是很有创意的，但是不太实际。你看，利迪娅没有解释凶器是怎么消失的，还有神秘客人离开后又是怎么回来的。按照这个假设，这个客人是里斯医生本人假扮的，那他又是怎么回到书房里的呢？他不可能绕到房子的后门，从后院走到落地窗前。当时天还在下雨，他肯定会在花坛的泥地里留下脚印的。"

探长哼了一声。"别反驳我，老头。提出这个假设的人不是我。但我不得不说，这个假设好像是目前最合理的。"

"利迪娅提出的蛇人的事，确实是一个有趣的思考方向，"斯佩克特若有所思地补充道，"至少从表面上看，蛇人和这起案子有一定程度的对应性。我得好好读一读那本书。"

"给你，"弗林特把利迪娅的那本皮面装订的书递给了他，"拿着吧。我本来就没打算读这书。"

斯佩克特接过书，把它塞进了夹克里。

"还有一点我搞不懂，利迪娅·里斯到底看上了马库斯·鲍曼哪一点？"弗林特继续说道，"这个人是一个彻头彻尾的傻瓜，还很自以为是。"

"我们永远也无法理解复杂的人心。我是个魔术师，最擅长创造谜团，但我必须承认，人心才是最复杂又最难解的谜团。"

"我可以告诉你，利迪娅并不是看上鲍曼的钱。鲍曼虽然出生豪门，但他挥霍无度，没接受过良好的教育。他的确是牛津大学毕业的，但根据我的经验，混到个文凭并不能代表什么。鲍曼的家族有着悠久的历史，他的信托基金最近帮他解决了不少麻烦。"

"什么麻烦？"

"他花钱如流水。你见过他的那辆黄色敞篷跑车吗？他是个赌徒这一点应该不会让你感到意外。他喜欢玩扑克，但是牌技又很烂。他已经六个月没回本了，输了不少钱。"

斯佩克特说道："这么看来，他突然想娶一个有钱的名媛就说得通了。"

"但我还是不理解利迪娅到底为什么会选择和他在一起。他能为利迪娅这样的女人提供什么价值呢？"

"我猜她选择鲍曼是为了反抗她的父亲。鲍曼代表着上流社会的没落，是典型的有钱废物。要是他不姓鲍曼，他就只是一个无名小卒。他没受过什么教育，没有一技之长，也不太聪明。而利迪娅则既有政治抱负也很机灵，和他截然相反。已故的里斯医生在遗嘱里是怎么分配财产的？"

"不存在分配问题，财产全部归利迪娅所有，包括宅邸、钱财还有藏书。"

斯佩克特想了一下。"如果凶手的动机是钱财，那么嫌疑人明显只有一个。"

"但是利迪娅没有财务危机，她根本不急着用钱。"

"除非，"弗林特假设道，"马库斯·鲍曼欠的钱远超过我们的想象。也许他想要快点结婚，这样就能打遗产的主意了。"

"我不认为利迪娅会轻易上当，弗林特。"

"也许不会。但是鲍曼自视甚高，我觉得他会高估自己的能力。也许他认为自己能说服她，让她觉得杀掉父亲对他们都有好处。"

"好吧，你是指协同作案，确实也有可能。但他们的不在场证明呢？"

"就目前来看，他们的不在场证明是相互提供的，要破解应该不难。"

他们坐着警车前往苏格兰场。弗林特一路上没怎么说话，闷闷不乐地望着窗外。斯佩克特则专心看书。

这本书里记录了一系列详细的病例研究，奠定了安塞尔姆·里斯在心理学界的声誉。英文版于一九二五年左右首次问世后，这本皮面装帧的精装书很快在巴黎、伦敦等文化之都变得随处可见，还成为文人沙龙的必读书。这本书不仅包含了学术上的深刻见解，还有匿名病人的桃色八卦。众所周知，里斯医生接诊的病人都是出身高贵，受过良好教育的人，其中不乏有头有脸的名人，甚至还有高官权贵，只是他们的真实姓名都被隐去了。在书中，里斯医生毫无顾忌地展现了病人们童年和性生活中最私密的细节，但只字不提他们的真实身份。因此，所有病人在书中都是以绰号代指的，而这些绰号通常和他们的心理疾病有关。例如，在英文中被称为"玛菲特小姐"的女子，她是因为童年一次可怕的意外而患上了蜘蛛恐惧症；"裁缝的傀儡"，一个成年男子因为年幼时偷穿母亲的紧身胸衣被人发现，因而不敢出席成年舞会。当然还有"蛇人"。

"我看不出这个蛇人和我们的谋杀案到底有什么关系，"弗林特说着，像是在自言自语，"这家伙不是死了很多年吗？他甚至都不是英国人。对了，为什么利迪娅这么清楚蛇人的事？事情发生的时候她只有十岁。"

"你忘了吗，利迪娅不只是里斯医生的女儿，也是他的学生。她研究了他成功和失败的病例，所以她和里斯医生同样了解蛇人，并不奇怪。"

"但是除了死因相同——这一点我承认确实很可疑——这两起事件没有其他的共同点，蛇人发生在国外，甚至是在另一个大陆上，而且是多少年前的事了，我觉得不合理。"

"是的，你说得对。但是我们面对的是一群执迷不悟的人，探长。你必须记住这一点。对他们来说，时间并不能代表什么。"

当他们到了苏格兰场时，约瑟夫·斯佩克特已经把书翻完了。两人一起走上台阶的空隙，他给探长大致讲了一遍书里的内容。

"已故的里斯医生是一位出色的作家，寥寥几段文字就能让你感觉自己就在诊疗的现场。我现在对蛇人了解很多，显然比那位可怜的病人自己都多。但是我不知道他的名字，如果我们要为两桩事件建立联系，就必须查清楚。"

"你认为两者确实有联系？"

"或者说凶手故意让我们认为其中有联系。不管如何，我们对蛇人的情况了解越多越好。"

"我倒是想起来了，我们应该注意那些奇怪的人，比如某个原本不应该出现在现场的人。你真的确定德拉·库克森有不在场证明？"

"我可以保证，她在十一点之前都在本杰明·提塞尔的家里。本杰明的家在汉普斯特，所以她打车赶到多里斯山时已经是十一点半了。"

"嗯，"弗林特有些茫然，"如果她从时髦的鸡尾酒聚会直接去了里斯医生的家，那么大概在途中顺道把偷来的画藏了起来。你觉得她为什么会去找里斯医生？"

"不知道。你们问过她吗？"

"我们当然问过她。但我问的是你的看法，我相信你的判断力。"

斯佩克特微笑了。"我真是受宠若惊。无论她是不是凶手，偷画的事情都应该和谋杀案分开来看。她去找里斯医生，也许是因为他们提前约好了要见面？"

弗林特摇头。"医生的笔记里根本没有提到这个。当然，我们知道他确实在等人。"

"是的。你们假设那个神秘客人才是医生原本约见的人。但事实上，也许神秘客人到访是意料之外的事，而德拉才是里斯医生原本约见的人。"

"但如果是这样的话，里斯医生不应该直接告诉奥利芙·特纳吗？"

斯佩克特耸肩道："说不准。"说完之后，两人都沉默了一会儿。

"我还有一个想法，"弗林特再次开口道，"也许在整个事情里最奇怪的人是马库斯·鲍曼。"

"是的，我明白你的意思。"

"他是一个金融从业者，当然，这是比较体面的说法，其实他就是游手好闲的家伙，活脱脱的笨蛋，整天喝酒打高尔夫。他和利迪娅·里斯的关系令人费解，但更让我奇怪的是，他是怎么卷进这群有精神病医生、艺术家的怪人堆的。"

"是的，我同意，利迪娅·里斯和他交往的原因确实很难理解。除了年少无知，我想最好的解释是鲍曼的性格与她的父亲截然相反，完全是沉闷的书呆子的对立面。"

"确实，"弗林特晃了晃手指，好像他的同伴终于讲到了点子上，"你觉得有什么隐情吗?"

"很难讲。除非我当面见过他，不然没法下结论。"

"那你可算是走运了，"弗林特说，"因为他就在我办公室里等我们。"

警察昨晚安排了马库斯·鲍曼今天来局里一趟。当时，鲍曼坚决不愿留在房子里，因为房子里刚发生过杀人案，警察只好放他走并要求他第二天一早就到苏格兰场报到，提供一份完整的口供。不用说，他觉得早上九点太早了，于是讨价还价，最终把约见时间推到了中午十二点。当他真正出现的时候，已经是十二点半了。

他一副吊儿郎当的样子在弗林特的办公室里坐下，仿佛把这里当成了自己家。而办公室的主人弗林特则站在那里，双臂交叉，俨然是自己领地的主人。斯佩克特坐在不起眼的角落里，把弄着一副扑克牌，但耳朵却很认真地听着。

"你见过里斯医生的病人吗?"弗林特先笼统地问了起来，目的是引出话题。

"从未有幸见过。但我相信他们是一群有趣的家伙。"他的语气带着一丝挖苦。

"你去了里斯医生家这么多次，就没碰到过他们?"

"我不知道你是怎么想的，但是我去里斯家里的次数并不多。说实话，我觉得老安塞尔姆·里斯不是很喜欢我。"

"是吗？但自从你和利迪娅订婚后，你确实去过她家里几次吧？"

鲍曼耸了耸肩。"主要是去接她，带她出去喝酒吃饭之类的，你懂的。"

"你见过德拉·库克森吗？"

"德拉……？"

"库克森。"

"是个女演员吧？不是很确定。不过既然你提到了，我想我应该在前天晚上的一出戏里见过她。"

"她是里斯医生的病人之一。你从来没有在里斯的家里见过她？"

鲍曼友善地耸了耸肩。"说实话吧，老伙计，我很难给你一个明确的答案。你看，我认人不认脸。"

弗林特仔细地打量着他，不为所动。"弗洛伊德·斯滕豪斯呢？"

"不记得了，这种奇怪的名字，如果我见过肯定有印象。"

"那克劳德·韦弗呢？"

"是个作家吧？我好像记得利迪娅曾对他的一本书大加评论。他是写惊险小说以及血腥凶杀案的，对吧？你应该问问他的意见，也许他能推理出是谁杀了那个可怜的老头子。"

"你从没见过他？"

"我对文学可没什么兴趣，我不怎么爱看书。这事要怪我预科学校的老师，他们总是喜欢灌输一大堆文学知识，反而让人对文学毫无兴趣，你不觉得吗？"

"先生，我不知道该怎么回答你，"弗林特答道，但说实话，在这一点上他有同感，"也许你可以告诉我，你当初是怎么认识利迪娅·里斯的？"

鲍曼把身子陷在座位里，似乎终于讲到了一件他乐于分享的事情。"是在苏活的帕尔米拉，也许你听说过？就像美国人说的，热闹的小地方。音乐很不错。"

"朋友介绍的？"

"只是偶然碰上的。应该没记错，我记性不太好。"

"你们会结婚吗？"

"如果一切顺利的话，就在明年。"

"恭喜，"弗林特看着斯佩克特，眨了眨眼睛，"现在，能告诉我你们昨晚是怎么过的吗？"

"我们去了萨沃伊餐厅，"马库斯·鲍曼说，"那里的晚餐很棒，特别是比目鱼。"

"然后呢？"

鲍曼的五官皱了起来，做出一副努力回忆的样子。"之后我们去了帕尔米拉。我们现在已经是常客了，那里有不少快乐的回忆。"

"啊哈，"弗林特说，"你们在那里待了多久？"

"一直待到我们回去之前。我也不记得具体的时间了。"

"你和利迪娅全程都在一起吗？"

"当然在一起。你是在暗示什么吗？"

弗林特没有理会他。"你们中间有没有在什么地方停留过？"

"没有。我们从萨沃伊餐厅直接打车去了帕尔米拉，又从帕尔米拉打车回到了多里斯山，我打算把利迪娅送回家，取回我停在那儿的车。"

"我想你应该不记得出租车的车牌号了吧？"

"等等，你这又是什么意思？有人杀了那老头，确实很悲惨，但真的有必要查这么仔细吗？"

"我觉得你的未婚妻不会赞同这种想法的，鲍曼先生。"

"是的，她可能不会，"鲍曼说完，又压低声音，仿佛只是在自言自语地补充道，"但也可能会。"

弗林特和斯佩克特走进帕尔米拉俱乐部，酒吧招待的态度格外热情。毕竟，这家夜店开了这么久，已经接待过很多次来突击检查的警察了。酒吧招待很快给他们拿来了饮品，当然是免费喝的。招待认出了照片里的利迪娅·里斯和马库斯·鲍曼。

"是的，他们来过这里。"他说。

"什么时候到的？"

"不太确定，但我好像在十点左右给他们上过酒。"

"你之后还见过他们吗？"

"当然。他们在这里待了好一会儿，不会错的。他们跳了几支舞，在舞池里引起了一阵骚动。"

"什么样的骚动？"

"你懂的，就是发酒疯呗。把香槟洒得到处都是，双脚打着滑跳舞，年轻人都这样。"

弗林特侧头看了斯佩克特一眼。"听起来不像利迪娅会做的事。"

"不像，但确实像马库斯·鲍曼会做的事。"

此时，天色渐渐暗了。"走吧，"弗林特说，"我得回苏格兰场了，好好理一下这些乱七八糟的线索。你还想去什么地方吗？"

"我回家吧，"斯佩克特说，"我要继续阅读病历记录。"

当晚，在朱比利的家里，斯佩克特坐在扶手椅上，伴着炉火，开始阅读安塞尔姆·里斯医生留下的病例笔记。

他先前已经兴致勃勃地读完了里斯医生出版的病例研究。他现在要读的笔记是还未公开出版的，里面的病例并没有蛇人。因为这是这位医生来到伦敦后记录的笔记，所以里面记录的是病人 A、B 和 C。当他熟悉了里斯医生的潦草字迹后，读出了以下内容：

病人 A 是一个极具音乐天赋的人，同时也困于强烈的负罪感。他的负罪感从何而来？在他近期的个人经历中，我找不出造成心理负担的明显原因。也许是他高超的音乐技巧给他带来了负担（我必须承认，我自己也是他的崇拜者，甚至在认识他之前，我就已经拥有了几张他的黑胶唱片）。据我所知，他的父母都是普通人，因此他能够成为音乐天才这件事才更令人吃惊。但他不善交际，性格孤僻，对于恋爱也没什么兴趣（据我所知，他曾有过一个未婚妻，几年前去世了，但他不愿谈及此事）。

他最初来找我是因为他总是做噩梦——他称之为"梦魇"。我深信，他心理创伤的切入点正是他的噩梦，他的父亲似乎扮演了关键角色，因为他的父亲经常会以某种形象出现在梦境中。但梦境本身太过离奇和诡异，以至于几乎无法用常理解释。

为什么这个年轻人会如此与众不同？在他的大脑中，符号和想法交替出现，这两者相互交织，相互联系，周而复始。也许我把这些梦记下来，就能揭示其中的含义。

"克洛蒂尔德，"斯佩克特呼唤道，"进来一下。"

他的女佣进屋了，耐心地站在一旁，等着他在笔记本上找到特定的段落。"听听这个，"他清了清嗓子，高声读道，"在梦中，我坐在湖边，面前有一块放在画架上的画布，上面的画才画了一半，显然我正在作画。此时是清晨，湖面上飘着淡淡的薄雾。突然，我的胸口像挨了一拳，感到一阵强烈的恐惧。我看着眼前的画布，发现自己画的根本不是湖，而是一个披着斗篷、提着灯笼的人影——那人正从画布里看着我。我抬起头，发现湖面有涟漪。云朵在我的头顶聚集，充满着不祥的气息。那个人从湖水中慢慢地冒了出来。他提着一盏燃烧的灯笼，但是灯笼却没有发出光亮。我看不清他的脸，但我知道他在看着我。我害怕极了。"

斯佩克特读完了，"啪"的一声合上了笔记本。"好，克洛蒂尔德。你觉得这个梦有什么含义？"

在壁炉的火光中，女佣的脸看起来很柔和，但表情却难以捉摸。这个年轻女人为斯佩克特工作了这么多年，从未开口说过一句话。

斯佩克特解释说："这是里斯医生笔记本上名为'梦境一'的内容，非常有想象力，根据'病人A'弗洛伊德·斯滕豪斯的描述，里斯医生记录下了这段文字，你怎么看？"

然而，克洛蒂尔德只是保持着沉默，也许这是明智的选择。

在笔记本的下一部分，斯佩克特读道：

病人B是一个缺失人性的人。她在社交活动中的礼仪规范完全是佯装出来的，好像没有自己的真实的情绪反应。她唯一的本能就是生存。在这方面，可以说她是天生的演员，事实上她每时每刻都在演戏。在她错综复杂的情感表象背后，是情感上的缺失——或者说有一堵坚不可摧的墙，彻底阻挡了她心中依稀可辨的人性。

这种缺失感的具体表现是，当她享受着舒适甚至奢侈的生活时，却忍受着一种难以克制的偷窃欲。她承认，在她童年的时候，就开始有偷窃的癖好——她记得自己曾经从女老师的桌子上顺走了一支亮闪闪的钢笔，当这位倒霉的老师翻遍每一个学生的桌子时，她还在竭力掩饰心里的喜悦。但是，我们的病人B太狡猾了，即使在年幼的时候也是如此。她趁着老师不注意，把钢笔从打开的窗户扔了出去。她的胆大妄为反而赢得了同学们的佩服，也从未被老师追究过责任。等到她长大成人后，类似的故事比比皆是。事实上，她有着出众的外形条件，帮助她在生活中躲过不少麻烦，不用说，也为她的舞台生涯奠定了重要的基础。

最近，她和我有过几次诊疗对话，她为此陷入了深深的担忧，无法自拔。尽管她没有明确表示，但我知道她目前在和一个男人交往。最明显的证据便是，她不经意间会将主语说成"我们"而不是"我"。在每次的诊疗对话时，我习惯在书房各处放置一些小东西，与其说是为了诱导她偷窃，不如说在设法让她承认自己本性中的阴暗面。在我们最近一次对话中，我给她倒了一杯水，也给我自己倒了一杯，当我把杯子放在她面前时，我注意到她的手放在玻璃茶几上，在一个金色打火机附近摸索着。那个打火机是我放的。当她注意到我的眼神时，整个人都僵住了。我问她想做什么。她茫然地看着我，随口说了句"没什么"，然后把手收了回去。但是等到诊疗结束后，我发现打火机还是不见了。我不知道她是什么时候顺走的。最近，我试图深入了解她的过去——她的家庭生活，以便更好地了解她的人际关系——我必须承认，这部分没什么进展。不过，我还是想提一下最近一次诊疗发生的插曲，这事让我得以一窥她的心理状况。

当时，我们的诊疗已经结束。病人 B 非常在意个人隐私，但并不过分讲究，她正准备直接从我房子的正门离开，直接到街上去。途中，她不小心撞上了一位来访的男性访客。这家伙经常来我家，是我女儿的追求者。当他和她一阵道歉后，正面看到了她的脸，一下子认出了她。"怎么是你，病人 B！"他喊道，然后说出一连串她主演的舞台剧。这家伙一点也不收敛，面对他过度的反应，如果是稍微活泼的病人也许会很受用。但是，病人 B 对他的赞许表现得无动于衷，冷冰冰的。她出于礼貌向他道谢，但不带感情，然后就拦了辆出租车。当我女儿的追求者待在原地的时候，病人 B 已经小心翼翼地离开了。

不过，这次偶遇给我留下了深刻的印象，因为那位男性访客的马甲口袋里挂着一只金怀表，是一件引人注目而浮夸的配饰。然而，当病人 B 上了出租车之后，我看到那块怀表还在他的口袋里。这可带来一些有趣的思考：病人 B 对黄金的喜欢程度到底有多深？为什么她会偷走金色的打火机，即便在偷窃过程中被抓住过一次也不管，却不偷走金色的怀表呢？也许是因为对方展现出了赞许之情，而且熟知她作为女演员的身份？她的职业生涯和她的偷窃行为之间存在什么关联？希望有一天我能够弄清楚这个问题。

当然，里斯医生已经活不到那一天了。

一转眼又到了傍晚，斯佩克特闭上眼睛，听着壁炉发出的噼啪声。他还有很多笔记没读，甚至还没有读到病人C的情况。但他有一种感觉，自己离真正的线索还很远，在笔记里也许找不到里斯医生遇害的真相。他觉得最好还是先上床休息，毕竟等到明天早上，里斯医生也不会活过来，那幅画也不会自己回来，而书房里的密室杀人案也依旧无法解开。

第十章　浅析密室之谜

1936 年 9 月 14 日　周一

　　第二天早上，弗林特在去拜访斯佩克特的路上，顺道去了一趟布鲁姆斯伯里，克劳德·韦弗的作品的出版商拉尔夫·特威迪就在那里工作。他并没有预约，但他只要略微提一下杀人案，就有足够的资格进入办公室，见到这位受人尊敬的出版商。

　　这家伙比弗林特想象的要年轻。他的脸光滑得让弗林特有些嫉妒。弗林特猜想他应该不是凭自己的本事取得成功的。恐怕他和马库斯·鲍曼一样，是一个被家里宠坏的孩子。

　　"克劳德·韦弗是你合作的作家吧？"

　　出版商划了一根火柴，点燃了手中的雪茄。"没错，克劳德是圈内最出色的作家之一。你知道他的作品吗？"

　　"不太了解。不过别担心，我不是来问这个的。"

　　"哦？"特威迪重新坐下，用胖乎乎的手指夹着雪茄。

　　"我想问的是你两天前和韦弗先生共进晚餐的事。"

　　"两天前的晚上？那应该是十二号，"特威迪气定神闲地说道，"这种事你最好还是去问我的秘书。"

　　"我们问过了。在你的日程里，你约了克劳德·韦弗共进晚餐。是吗？"

"如果日程里有，那就有，"他吸着雪茄，烟头发出橘黄色的光，"事实上……等一下。是的，我想起来了。克劳德想见我，讨论他最新小说的合同问题。"

"你们八点见的面？"

他耸了耸肩："差不多。"

"是在布朗餐厅吗？"

"我们经常在那里见面。他们家的鲑鱼很好吃。"

"你们在那里待了多久？"

"待了好一阵子。"他短暂地停顿了一下，任由烟雾飘向没有打开的吊扇。

"更具体一点。"

出版商咕哝了一声。"两个小时，也许三个小时。真的，我实在记不太清了。"

"我想知道的事情很简单——克劳德·韦弗是几点离开餐厅的？"

"他和你说的是几点？他在这种事情上面的记性比我好。"

弗林特眯着眼睛看着他。"从旁人的眼光来看，我会觉得你在试图隐瞒什么，特威迪先生。"

特威迪笑了笑。"请相信我，我的本意并非如此。"接着，两人都沉默了。

"你知道韦弗一直在看心理医生吗？"

"不，我不知道，"特威迪回答，"不过我一点也不惊讶。"

"为什么？"

"他是个怪人，不好相处。你知道的，作家嘛。他太内向了，不接触现实世界。"

"你们谈了些什么？"

"你是说吃晚饭的时候？老一套。他的最新小说快到截稿日了。"

"写的是什么内容？"

特威迪勉强地笑了，好像承认自己被打败了。"算了，告诉你吧。写的是一个心理医生的故事。"

"你们谈了三个小时？"

特威迪靠在椅背上，思考着。办公室里很安静，只能听到椅子的吱嘎声和雪茄燃烧的嘶嘶声。"实话实说，事实并非如此。那天晚上克劳德的身体出了点问题。"

"身体出问题了？我还是第一次听说。是怎么回事？"

"在吃饭的时候，他突然感觉不太舒服，于是跌跌撞撞地走出餐厅……然后，我再也没有见到他。"

"你是说他没有回来？"

"探长，别大惊小怪。我的工作就是要和各种古怪的作家打交道。"

"他什么时候离开的？"

"晚饭吃了一半，大概是在十点左右吧？"

"他之前提到过自己的身体不舒服吗？"

"完全没有。他当时正在谈论自己的新小说，正在展开讲述其中的某一章节——他只有在这种时候才特别来劲——突然，他打住了，好像注意到了我身后的什么东西。可我回头看了看，什么也没发现。"

"你对他说了什么话吗？有可能让他产生误解的话？"

"我想我当时对他说的是……"特威迪回想了一下，"对了！我跟他说到我们车间新买的电报排字机。"他看弗林特的眼神有些茫然，继续解释道："电报排字机非常方便，如果我们决定开展平装书的业务线，这东西能帮上大忙。当然，克劳德对于平装书的下沉市场好像不太感兴趣。我们当时就聊了这些，也没有什么激烈的言辞，就是心平气和地讨论而已。克劳德试图说服我，他说平装书就像是廉价的冒牌货，只能骗骗没文化的人，有文化的人能瞧出冒牌货和真东西的区别。"

"然后他就说自己不太舒服？"

特威迪点了点头。"就在那时，他脸上出现了难受的表情，跌跌撞撞地走出餐厅，咕哝着说自己感觉很不舒服，就再也没回来了。"

"在十点钟的时候？"

"十点，或者是十点半。我不太确定。"

"可是韦弗说他整晚都和你在一起。"

特威迪的笑容让人很不舒服。"那韦弗先生肯定是弄错了。"

弗林特再次走近韦弗的家时，步伐轻快。他决定让斯佩克特多等几分钟，自己先去找一下韦弗。这一次，他没有按门铃，直接用拳头猛敲房门。女仆给他开了门，还没等她抗议，他就径直来到客厅，克劳德·韦弗一脸疑惑地看着他。

"韦弗先生，我们知道在案发当晚，你不是一晚上都和你的出版商在一起的。你为什么要撒谎？"

韦弗猛地站了起来。"你在说什么？"

"你的出版商告诉我们，饭吃到一半，你就觉得身体不舒服，跌跌撞撞地离开了餐厅，他之后再也没见到你。"

韦弗一脸震惊。"我不知道还有这回事。"

"我们可以去问餐厅的工作人员——"

"不！不！我不是怀疑你说的话，探长。我的意思是，我不记得了。”

弗林特仔细打量这个家伙。“你想说什么，韦弗先生？”

“我记得那家餐厅，也记得那顿饭。我记得自己后来回到了家里……”

“那是在几点？”

“我不知道。我直接上床睡觉了。”

“好吧，我理解一下，你说不清楚自己在案发当晚到底去哪里了？”

“恐怕是的。”

“你那晚有没有去找过安塞尔姆·里斯？”

“我想没有。”

“但你不能肯定？”

韦弗紧绷着脸，坐直了身子，一动不动。“是的，我不能肯定。”

弗林特不知道的是，今早斯佩克特在去酒吧之前也顺道去了别处。他去了本杰明·提塞尔的家里，想了解一下油画失窃的具体情况。提赛尔本人不在，但案发当晚一直负责值班的两名女仆都在。两人叫希尔达和波莱特，站在一起显得很滑稽。因为她们穿着同样的配套制服，围着同样的褶边围裙，简直就像两个胡椒罐。和斯佩克特的女仆克洛蒂尔德不同，她们缺少一份低调的贵气和优雅。

“女士们，我希望你们能够告诉我聚会当晚的情况。”斯佩克特说。两位女仆面面相觑，掩饰不住地傻笑着。

“当然，先生，”希尔达说，“我们会尽力配合。”

“主人这两天不高兴，”波莱特解释道，“情况可不妙。”

“说到聚会，提赛尔让你们负责接待客人，对吗？”

"对的，先生，"希尔达回答，"因为汤森先生那天晚上正好休息，才让我们负责接待。提赛尔先生不放心我们单独行动，所以安排我们一直待在一起。"

汤森是提赛尔的贴身男仆，经过调查，他在当晚有无懈可击的不在场证明，因此被排除了嫌疑。

"我明白了，你们一直都在走廊里？"

"是的，先生，"波莱特说，"我们让收到邀请的客人进屋，还有家里的仆人之类的。"

"你们有没有看到可疑的人？"

"没有，先生。我告诉你，没人能偷走那幅画。我们不可能把小偷放进来，警察也搜了客人的身，不是吗？"

"你们肯定小偷不会自己溜进来吗？"

"当然，先生。后门和侧门都是锁着的，家里的窗户也都闩好了。"

"当晚你们有没有看到客人上楼？"

"当然有，一直都有客人上楼。他们必须上楼去……你懂的。"

"去上厕所？"

波莱特咯咯笑着点了点头。

"所以，就算有人上楼溜进那个房间把画偷走，你们也不知道。"

"但如果有人拿着画下楼，我们肯定会注意到的，"希尔达解释道，"没有人下楼的时候手里拿着东西。这点我可以肯定。"

"有没有可能，参加聚会的某个客人假装上厕所跑到了楼上，打开一扇窗户，让他的同伙从窗户爬进屋里，然后自己正常下楼？"

"不可能，先生。"波莱特说。

"为什么呢?"

"因为除了一个房间,所有房间的门都上锁了。因为提赛尔先生不喜欢有人在楼上到处逛。"

"哪个房间?"

"你懂的……厕所有一扇窗户,但无法打开,也从没有被打开过,我在这里这么久都没有见过那扇窗开着。"

"我明白了,所以小偷只能从楼梯上下楼。"

"没错,先生。"

"那会不会是这样,小偷是通过其他的出口把画带走的,你们说呢?"

女仆们非常一致地摇了摇头。"没有,先生。只有后面的仆人专用楼梯,但是楼梯的门是锁住的。顺带一提,我们早就检查过所有钥匙,一把也没少。"

"所以小偷肯定是带着那幅画从正门离开的……"

"如果有人拿着这么大的画经过我们身边,我们都会发现的,"希尔达笃定地说,"我可以向你保证。"

女仆们很热心,也许是热心过头了,她们主动带他参观了案发现场。她们带他走上旋转楼梯,来到案发的房间门前。希尔达推开了门。

"这个房间现在不锁门了,"她解释说,"主人说画丢了也没必要锁了。"

斯佩克特仔细检查了房间,果然和他预想的一样:窗户非常小,画不可能从窗户出去。当然,也不可能有人能从窗户进来。

楼梯的平台上倒是有一扇大窗户,可以看到外面的街道,但无法打开。这扇窗户没有装窗闩,窗玻璃是直接嵌在墙上的,又是一个死胡同。

最后，斯佩克特为了不放过任何可能性，他又去检查了厕所。厕所里没有什么特别之处，他没有发现动过手脚的痕迹。当然，窗户上满是锈渍和污垢，牢固到连窗都打不开。

斯佩克特因为进展不顺，沮丧地走下楼梯，脑海中拼命思考着各种可能性。他一屁股坐在了客厅的扶手椅上，希尔达又给他上了一杯茶。

"你同时在调查那个医生的死因吧，先生？"波莱特小心翼翼地问道，"那可是个大案子。"

"你说得没错，小姐。确实是大案子。"

接下来的几分钟里，两位女仆试图从他嘴里套出关于案件的残忍细节，但都徒劳无功。斯佩克特觉得自己就像是斯托克的《德古拉》中的乔纳森·哈克，被吸血鬼新娘纠缠着，想要吸他的血。

他喝完了茶，感觉精神好些了——看来，这一趟来也不全是坏事。他从座位上缓慢而费力地起身站起来，女仆们从两边搀扶着帮他。"谢谢你们两位，"他摸着帽檐说，"女士们，祝你们永葆青春。你们可不希望变成像我这样吧。"

她们面带微笑，礼貌地点点头，送他出门。他抖了一下身子，把斗篷裹得更紧了，显出他那瘦骨嶙峋的身形。

弗林特探长再次造访帕特尼的黑猪酒吧时，已经快到午餐时间了。他发现约瑟夫·斯佩克特坐在往常的座位上，靠着房间的窗户，这次他正在摆弄一个古董金币，当然是仿制品。他正用年迈的手指灵巧地翻动着金币。弗林特站着看了一会儿，没有打断他的表演。

最后，斯佩克特微笑着把金币塞进了口袋。"请坐。"他说。

"我有新发现。"弗林特告诉他。

"我也是。"

"我先说，韦弗的不在场证明非常有问题。他承认自己在与出版商共进晚餐时陷入了'神游状态'。出版商说他当时魂不守舍地离开了餐厅。"

斯佩克特若有所思地咬着拇指指甲。"是的，我倒觉得不奇怪。"

"什么叫不奇怪？这样一来，整个案子的调查方向就完全不同了！如果韦弗不能证明当晚他去了哪里，他就很有可能去过多里斯山，不管他到底是不是在神游。"

"确实……可他是怎么进入书房的？"

弗林特欲言又止。

"我想是时候分析一下密室之谜了。"斯佩克特说道。

"就这样不管韦弗了吗？"

"韦弗的事先放一放。如果他连完整的不在场证明都拿不出来，我很难相信他能想出什么高明的密室杀人诡计。"

弗林特轻轻地叹了口气。"你说得有些道理。"

斯佩克特说了起来："好了，亲爱的约翰·迪克森·卡尔先生写了一本书叫《三口棺材》，他在书中对密室之谜进行了相当全面的研究。今天上午，我利用去本杰明·提塞尔家稍作逗留的时候，重读了相关章节。卡尔在书中为我们提供了七类密室解答。让我们来看看吧……

"第一种，本案是意外。换句话说，安塞尔姆·里斯的死是不幸的意外事故，也许他用小刀来拆开信封的时候，不小心失手割到了自己？可能性不大，但也许在某种极端的巧合下也不是完全不可能。即便如此，我想还是先排除这种解答比较好，你看呢？

"第二种，本案的被害人是在某种药物的作用下自杀的，或者受到了催眠而自杀。虽然我不想贸然排除这种解答，而且你们也还没得到里斯医生的验尸报告，但可以肯定地说，这种解答也不太现实。

"第三种，凶手事先在房间里设置了某种机关，比如装了弹簧的伸缩刀片。不过经过对书房的彻底搜查，我们可以排除这种解答。里斯医生的书房里没有什么小机关或者暗门。

"第四种，本案是伪装成谋杀的自杀，这也就是利迪娅·里斯提出的假设。我们之前已经讨论过，在这里就不多费口舌了。

"第五种，凶手在行凶后假扮成被害人，有意混淆行凶的时间。这种解答倒是有可能的——毕竟，在神秘客人离开以后，奥利芙·特纳只是隔着门听到了医生的声音，并没有亲眼见到他本人。因此，她听到的声音可能是凶手假装的。但即便如此，我们还是无法确定凶手或神秘客人的身份，也无法解释凶手是如何消失在书房里的。

"第六种，凶手自始至终没有进出密室，而是通过某种方法从密室外杀害被害人。奥斯汀·弗里曼和他笔下的宋戴克博士就解决过这样一起有趣的案子①。但我想不到凶手能用什么方法从书房外割开里斯医生的喉咙。也许凶手用了某种装有刀片的弓箭？

"第七种也是最后一种，被害人在被发现时并没有死，只是看起来像是死了一样，也许是被打晕了，或者被下了药。凶手在众人

---

① 此处指的是短篇小说《铝柄匕首》(The Aluminum Dagger)，在故事里，凶手把一把匕首安装在气枪上，通过气窗射入密室，将受害人杀死，伪装出凶手进入密室中用匕首行凶的假象。

发现被害人的时候，第一个冲到被害人面前下手。同样，这种解答在这起案子中也行不通。里斯脖子上的伤口很深，他在被发现时肯定已经死透了。以上便是卡尔先生在书中列出的七类密室解答。"

"所以，你有什么结论？"弗林特问道。他不知道斯佩克特说的卡尔是谁，但这家伙的名字听起来像是这起案子里的嫌疑人似的。

"我们思考的过程是有意义的，"斯佩克特回答说，"我们必须耐心一点。据我所知，我们在解开密室之谜前，还需要解决两个复杂的问题。"

"只有两个？"

斯佩克特点了点头。"首先是完美的不在场证明。世界上不存在完美的不在场证明，但这起案子的几个重要嫌疑人确实有明确的不在场证明。我们知道弗洛伊德·斯滕豪斯当时正在自己的公寓里。为什么？因为公寓的工作人员可以证明他没有离开过公寓，还有一点事实可以佐证：他在案发前给里斯医生打过电话，我们查到了相关的通话记录，而且通话的内容和奥利芙·特纳偷听到的完全吻合。

"下一个嫌疑人是谁？德拉·库克森。很多人都可以作证，她当晚肯定参加了《死亡小姐》的演出，也去了本杰明·提塞尔家的聚会，我当时也在场。对了，当时还有一幅画被偷走了，这一点我们之后另作讨论。我们知道她是在十一点半左右离开聚会的，当时她心情很低落。我们还可以推测，她离开聚会直接到了里斯医生的家，因为她在十五分钟内赶到了里斯家的正门，奥利芙·特纳给她开了门。她很难在这么短的时间里还有空制造什么密室杀人，更重要的是，如果是她犯下可怕的谋杀案，她的丝绸礼裙上不可能连一滴血都没有。

"第三位嫌疑人就是利迪娅·里斯。我们知道她去了萨沃伊餐厅吃晚饭，接着去了帕尔米拉俱乐部。这是马库斯·鲍曼告诉我们的。同样，她也为鲍曼提供了不在场证明。不仅如此，萨沃伊餐厅的工作人员可以作证，将他们送到帕尔米拉的出租车司机可以作证，俱乐部里的几位女服务员也可以作证。情侣给对方提供不在场证明，确实比较可疑，但根据以上证人的证词，再考虑到萨沃伊餐厅和帕尔米拉俱乐部都离里斯家有几英里远，也许我们可以确定他们是无辜的。

　　"最后，我们再来看看克劳德·韦弗，我们都知道这个小说家会陷入某种'神游状态'。虽然他努力想让我们相信，但是他的不在场证明还是无法让人信服。出版商不愿配合他，而妻子更无法替他作证。我们因此得出了一个明显的结论：韦弗在时间上是唯一有可能杀害里斯医生的人。当然我们并没有找到直接的证据，也没有找出韦弗的动机，没有任何迹象表明他和里斯医生之间有什么恩怨。提出这一结论，只是因为韦弗无法解释自己在案发当晚的行踪。但如果真的是他干的——记住，我说的是如果——那么我们还要解决一个看似无解的谜团：他是如何进出里斯医生的家而不被发现的？

　　"当然，这起案件还有一个疑点我没有提到，那就是那个神秘的客人，只有奥利芙·特纳见过他，他是医生在生前最后见过的人。我们对他有多少了解？只知道奥利芙从未见过这个人，而且他似乎在刻意掩饰自己的身份。但是医生曾告诉奥利芙做好待客的准备，所以他是医生认识的人，或者说至少医生知道他会来找自己。但我们不知道医生和他到底谈了什么。我们只知道访客在案发之前就离开了，也就是在斯滕豪斯给医生打电话之前。那么，这位客人和谋杀案是否有关？除了神秘的客人之外，我们看一下医生的三个病人，只有德拉·库克森从房子的正门进出过。这似乎意味着凶手很可能是从医生书房的落地窗进入房子的。但是，这种可能性也被否决了，有两个非常明显的原因：首先，当晚下了暴雨。十一点刚过就开始下雨，比谋杀案发生的时间还要早，如果凶手从房子的后院走到落地窗，就会在花坛的泥地里留下脚印。其次，落地窗是由内反锁的。因为奥丽芙·特纳发现尸体的时候检查过落地窗，德拉·库克森也检查过。窗户的钥匙插在内侧的锁孔里，所以凶手不可能从落地窗进屋。除非他能够用某种方法，不留脚印地经过花坛。而且，他还要从屋外把上锁的落地窗打开。我们目前遇到的难题总结如上，你看怎么样？"

"总结得很好。"

"好，让我们继续分析下去。凶手不可能是从正门离开的，因为奥利芙和德拉都会看到他。他也不可能从落地窗离开，因为他会在泥地里留下脚印，这一点是毫无疑问的，而且窗户是从里面反锁的。

"我们把谋杀时间锁定在短短五分钟里，也就是在弗洛伊德·斯滕豪斯给医生打完电话之后，一直到奥利芙闯进书房为止。比我更厉害的人已经对密室的解答进行了分类。但出于解开这起案子的目的，还请允许我浅浅地论述一些适用于本案的解答。当然，这起案子的重点在于制造假象，问题是要确定凶手到底是在哪里制造了假象。

"第一种，密室的门由内反锁是假象，实际上凶手对门动了手脚。也许凶手是从门外锁上的，像是门闩或插销的锁就比较容易做到这一点。例如，我们都知道那种冰块的伎俩。凶手先把冰块支在门闩和卡位之间，关上门离开。时间一长，等到冰块融化，门闩就会直接落回卡位里。同理，凶手也可以用细绳或细线，通过门缝，从门外拉动门闩。等到拉上门闩之后，凶手再用刀片割断丝线，或者用打火机烧断绳线来进行回收。在这起案子里，这种解答是不可能的，因为书房不是用门闩锁上的，而是用钥匙反锁的。落地窗也是如此。那么凶手是怎么做到的呢？也许是用磁铁？还有待进一步查证。

　　"第二种，案发时间是假象，谋杀实际发生的时间比我们以为的更早或者更晚。当然，这种解答也是不可能的，原因有二。第一，我们知道里斯医生在案发的几分钟前还活着，因为有人听到了他和斯滕豪斯打电话，而斯滕豪斯也可以证实这一点。第二，里斯医生也不可能是在案发后才被杀害的，因为他是被割开了喉咙，属于当场死亡。唯一可行的诡计就是凶手用录音让人以为里斯医生在案发前还活着，实际上他很早之前就被杀害了。但我们查到了当时的通话记录，记录清晰地显示了斯滕豪斯和里斯医生的通话时间点和时长，再加上斯滕豪斯本人的证词，可以确定当时里斯医生的确活着。此外，警察在房间里也没找到任何录音设备。没有设备，这种诡计也就无从谈起了。当然——我们思考的过程是有意义的。

　　"第三种，凶手离开密室是假象，也许凶手自始至终都没有离开过书房？我们不能忽略这种可能性。我们都知道书房里有一个大木箱，成年人藏进这个箱子里是小菜一碟。但是，奥利芙当场打开过箱子，发现里面根本没有藏人，甚至什么都没有。那么书房里没有其他可以藏身的地方了。

　　"这就引出了第四种解答，也许凶手自始至终都没有进入过书房呢？在这种解答里，凶手往往可以在密室之外实现杀人。通常情况下，这种解答适用于密室枪杀，例如，凶手通过某种遥控装置让一把手枪自动开火。我不由得想到了梅里维尔·戴维森·卜斯特写的一篇短篇小说①——也许你看过？但是用遥控的手法杀死里斯医生几乎是不可能的。因为割喉是一种近距离才能操作的杀人手法，需要由人来动手完成，很难通过遥控的方法来实现。用比较形象的说法，凶手需要亲手完成。

"但第五种解答为我们提供了一种更有可能的假设：被害人被谋杀是假象，也许被害人是被迫自杀的呢？被害人中了机关，自己走进了凶手事先设置的杀人陷阱里，从而惨遭勒喉或者被刺死。比如触碰了开关就会自动弹出的匕首。还记得威尔基·柯林斯写的那个怪床吗？②或者，这起案子根本不是谋杀，而是故意迷惑他人的自杀，只是目击者误以为是谋杀。可以想象，当一个人非常愤怒或者疯狂的时候，确实可以用剃刀割开自己的喉咙，就像里斯医生死的时候那样。但这又会带来更多的谜团：如果里斯医生真的是自杀，那么凶器去哪儿了呢？我们知道凶器肯定是一把剃刀，而剃刀是金属做的。不可否认的事实是，你们彻底搜查过书房，没有发现剃刀，也没有疑似剃刀的凶器。"

弗林特说："好吧，问题就在这里。快说出密室之谜的解答吧。

"依据奥卡姆剃刀原理，越明显的解答，越有可能是正确的。"

"什么解答呢？"

斯佩克特露出了狡猾的微笑。"别急，让我们挨个来看看。"他

---

① 此处指的是短篇小说《杜姆多夫谜案》（The Doomdorf Mystery）。在故事里，太阳光通过密室里的一个玻璃瓶发生聚光，从而点燃了挂在墙上的一把枪，枪射中了密室中的被害人。
② 在故事中，凶手通过一张装有自动杀人机关的床杀死密室中的被害人。

拿出三张牌，牌面朝下。然后，他亮出第一张牌，是红桃 Q。"这张是德拉·库克森，没有明显的杀人动机。但她当时就在案发现场，我们知道她有事情瞒着我们。"

他亮出第二张牌，是方块 J。"这张是弗洛伊德·斯滕豪斯，不确定是否有杀人动机，但在时间上没有杀人的机会，我们已经确认他在案发时间有不在场证明。"

接着，他亮出最后一张牌，是梅花 K。"这张是克劳德·韦弗，不确定是否有杀人动机，但在时间上有杀人的机会。而且，他已经对我们撒过一次谎，说自己在案发当晚有不在场证明。啊！对了，"他突然叫了一声，从胸前的口袋里又拿出两张扑克牌，"我差点漏掉了。"

他把这两张牌插在其他扑克牌旁边，亮出的是一对大小王。"这两张分别是马库斯·鲍曼和利迪娅·里斯。他们给彼此提供不在场证明。不管他们中谁当晚在家里，奥利芙·特纳都会立刻察觉到。我们知道案发时他们在伦敦城的另一边。"

"你有没有想过，"弗林特插嘴道，"也许奥利芙·特纳可能会给利迪娅作伪证？"

"为什么？奥利芙和利迪娅可没有什么主仆之情。奥利芙在里斯家工作才几个月。她跟利迪娅说不上很亲，不至于在谋杀案里给她作伪证。不，弗林特，这两者可是大小王，是很特殊的一对牌。最后，我们别忘记了最关键的一张……"

他把手伸进裤袋，亮出最后一张牌。他把这张牌插在大小王旁边。这张牌没有花色，上面只印了一个问号。"还有一位神秘客人，在案发后谁也没见过他，也没人知道他的真实身份。"

他合上了所有牌，开始洗牌。

第十一章　蛇人的真面目

随后，两人就分头行动了，弗林特显然对斯佩克特得出的结论感到沮丧，而斯佩克特本人却突然变得兴致勃勃。他告诉弗林特，自己打算去一趟石榴剧院，找德拉·库克森问问。不过，他并没有说出全部的实话，其实在去剧院的中途，他顺道去了里斯家，和利迪娅简单地聊了一下。

里斯医生的书房如今成了利迪娅工作的地方。奥利芙·特纳把斯佩克特带进书房的时候，她正坐在父亲的办公桌前。她戴着一副厚如瓶底的眼镜，在翻阅一本大部头著作。

"下午好，特纳太太。"斯佩克特谨慎地扫视一下房间。他注意到，尸体留下的那摊血迹被一块不显眼的马海毛毯子盖住了。

"斯佩克特先生，"她还是低头看着书，"请坐。"

斯佩克特在沙发上坐下，说道："里斯小姐，我想请教一下你的专业意见。"

"请说。"

"我想请教一下'神游状态'是怎么回事。"斯佩克特的问题显然和她的预期不一样。

她思考了一下。

"'神游状态'是碎片化的记忆，是自我与意识之间的分离。在陷入'神游状态'的人看来，他可能完全昏迷了，只是在适当的时候再次醒了过来。"

"那他会不会在昏迷的时候做出一些在清醒时不会做的事?"

"当然会。他可能会去任何地方,也会做出任何事情。"

"犯罪也有可能?"

"完全有可能。他可以做出任何事情。任何事情。"

"还有呢?"

"如今我们对于'神游状态'的了解并不多。一般来说,这种病症源于童年时期的情感应对机制。面对情感创伤事件,孩子会想方设法将自己与事件分离开来,让自己相信这些事是发生在别人身上的。最终,这种信念会成为现实。他的人格,也就是他的自我就会分裂。他将进入一种无意识的状态。在这种状态下,他无法感知到自己的一切所作所为。"

"那么,如果一个处于'神游状态'的人杀了你的父亲,你认为他是否应该为此负责?"

"不,因为事情根本不是他干的,是其他人做的——藏在他脑袋里的一个幽灵,一个陌生人。"

斯佩克特沉思道。"这么说有点吓人。"

"可以想象他处于这种状态下会有多害怕。事情明明不是你做的,你却要为此负责,而且你无法有意识地控制自己的行为。"

"所以说,一个人在这种状态下也可能会杀人?"

她仔细地看着他,仿佛从刚才开始第一次正眼看他。"有可能。"她说。

"对了,我还想向你讨教一下噩梦的事情。"

"你是说弗洛伊德·斯滕豪斯的梦?我想你已经读过我父亲的笔记了。"

"确实读了。你父亲说，梦就像一首诗，有一套自己的语言系统。梦是非常碎片化的，往往很暧昧。最重要的是，它永远不会直接表达出含义。因此，梦是对现实的隐喻，是从现实中剥离出来的图像和符号。所以，我想问问你对弗洛伊德·斯滕豪斯的梦有什么看法？"

"我父亲制定了解析梦境的准则。首先，他提出了一类表象而直观的梦，他称之为'表象'。这种梦和清醒时的现实有着直接的关联性。例如，一个学生会在考试前梦到自己在考试。但是除此之外，还有一类更深层的梦，他称之为'内在'。在这种梦中，现实的食物会以某种象征的形式出现。当一个人在现实中越是违背自己的本能意愿，那么他的梦和现实的差别也就更明显。这类梦往往充满暗示性，而且很荒诞。斯滕豪斯先生的梦就是如此。"

"你对他的噩梦有什么解读？"

"只有一种解读的方法，就是挨个解读其中的意象。例如，提灯意味着照亮，代表着揭开秘密。牙齿代表着暴力。水即衰老，代表着岁月的摧残。因此，在他的梦中，他的父亲手提一盏灯，从静止的湖面中冒出来，似乎代表着一件过去的事情再次出现。也就是说，一个秘密被揭开了。对了，还有张开的嘴巴，代表着暴力和蚕食。"

"你对斯滕豪斯本人有什么看法？"

利迪娅摘下眼镜，神情显得很严肃。

"斯佩克特先生，斯滕豪斯不是我的病人，我没有参与诊疗。我相信只有我父亲才能回答你的问题。"

斯佩克特考虑了一下。在片刻沉默后，他说道："那你一般会做什么梦呢，里斯小姐？"

"我不做梦。"

"不做梦？可你的思维很活跃。"

她若有所思地交叉手指。

两人又陷入了一阵漫长的沉默中，宛如决斗者一般盯着对方。

"可能有些冒昧，"斯佩克特说，"你爱你的父亲吗？"

"你不如问地球爱不爱太阳。"

"爱吗？"

她透过眼镜的镜片看着他。"就像上帝创造人类一般，安塞尔姆·里斯按照他的形象创造了我。"

"这话听起来有些痛苦。"

"我对痛苦无感，就像我从不做梦。"她面无表情地说道。

查了两天案子，弗林特探长第一次也是唯一一次走了运。为了找出蛇人的真实身份，他原本以为要查询海量资料。可是，当他回到苏格兰场时，却看到他的副手胡克警官一脸笑眯眯。

"胡克，你在笑什么？看来你有什么发现。"

"是的，长官。"胡克回答道。

事实上，安塞尔姆·里斯从维也纳移民到伦敦时，曾要求把他的文件档案也一并运来。胡克查到了他有一本手写的病历记录备份，现在正完好地存放在牛津大学里，等待着被收入馆藏丰富的博德雷恩图书馆，归在精神病学藏书的分类里。

"长官，我一开始还很担心，以为蛇人的病历记录只在他以前工作的瓦豪河谷诊所里有，"胡克说，"我好不容易查到瓦豪河谷诊所里的记录，却发现大部分病历都在几年前的一场火灾中没了。谁知真是柳暗花明又一村，没想到里斯医生私下里还保留了一套记录备份。因此，我只需要做一些交叉对比的工作就行。我刚收到维也纳发来的电报，查到了蛇人的死亡报告。"

"所以呢？"

"蛇人的真名叫布鲁诺·坦泽。"

"布鲁诺·坦泽，"弗林特重复了一遍，"他有什么亲属吗？"

"根据维也纳当局的信息显示，坦泽曾有过一个妻子，因流感去世了。不过，他们还有一个女儿，生于一九〇〇年。到现在，她应该……"

"三十六岁了，"弗林特接话道，"在这个案子里，只有一个女人可能符合蛇人女儿的年龄条件，那就是德拉·库克森，"他朝胡克咧嘴一笑，"胡克，这次你又立功了。继续努力，看看还能查出点什么。我要去石榴剧院了。"

约瑟夫·斯佩克特到了石榴剧院，只见本杰明·提塞尔一个人在吧台坐着。这位舞台制作人正怅然若失地看着一杯粉红色的杜松子酒。自从丢了画以后，他看起来老了几十岁。他一看到斯佩克特，立刻站了起来。

"约瑟夫，有什么进展吗？"

"进展？"

"是的，进展！你以为我指的是什么，当然是《诞生》了！我需要你施展一下魔法，约瑟夫。"

"本杰明，你知道我会尽力帮忙的。但你要记住，现在有人死了，而且是个公众人物。比起油画失窃，这种事更容易引起社会轰动。"

"这就是我请你调查的原因，"提塞尔造作地恭维道，他搂住斯

115

佩克特披着斗篷的肩膀，"我知道只有你才能一并解决两起案子。你真的认为德拉只是偷走了画，没有杀害医生吗？"

"你这问法……很有暗示性，"斯佩克特说，"你有什么依据吗？"

"斯佩克特，我没有依据。我只是觉得自己犯了一个极为愚蠢的错误。我竟然向那个坏女人展示了刚入手的藏品。只有她知道钥匙在哪里，也只有她有机会从我脖子上顺走钥匙。"

"本杰明，"斯佩克特责备道，"事实并非如此。我以前参加过你们的聚会，我知道大家都喝得很醉。客人总是来来去去的，其他人也很容易顺走你的钥匙。"

"好吧，"提塞尔带着坚定的语气说道，"请你必须查出真相，好吗？"

没过多久，弗林特探长突然闯进大厅，走向吧台边的两人。"斯佩克特，我要和你谈谈。"

斯佩克特只好留下提塞尔一个人，跟弗林特离开了。他俩小心翼翼地走到后台。弗林特详细说了蛇人的真实身份。

"原来蛇人有一个女儿，"斯佩克特点燃一支雪茄说，"你真的觉得他的女儿是德拉？"

弗林特拿出记事本，边看边说。

"德拉·库克森，真名梅布尔·诺曼，"他读道，"没查到她的出生记录，但我们有可靠消息说她是在橡树孤儿院长大的。也就是说，她是一个孤儿。成年后，她在广场酒店做过服务员，接着在贝尔蒙特歌舞剧院合唱团里工作，再往后就成了演员。"

"所以她可能是蛇人的女儿？"

"有这种可能，而且复仇也是最有可能的动机了。"

"你是在查案吗，斯佩克特先生？"说话的是露西·利维。她背靠着砖墙，像猫一样优雅。

斯佩克特转向她。"正如你看到的，我确实在查案。你有什么线索想告诉我们吗？"

她笑了，笑声带着一种演员特有的拿腔拿调。"最近剧院里的怪事可真不少，不是吗？可怜的老本杰明弄丢了他的画。德拉·库克森在这出戏里当上了主演。当然，还有埃德加·西蒙斯的事。"

"埃德加·西蒙斯？"斯佩克特对这个名字有些熟悉，但是一时想不起在哪儿听过了，"埃德加·西蒙斯是谁？快告诉我，露西。"

"又是一个有待解开的谜团。"她说完就走开了。也许她想让斯佩克特跟上自己，但斯佩克特没有这个兴致，只是站在原地目送她离去。

当他们来到演员化妆间时，德拉·库克森已经穿好了整套戏服。她对着镜子端详着自己，没注意他们来了。"先生们，"她冷冰冰地说，"请问有何贵干？"

"我们只是来祝你演出顺利的，德拉。顺便问你一两个问题。"

弗林特走上前。"请告诉我，库克森小姐，你听说过'蛇人'这个名字吗？"

她看着他们，眨了眨眼睛。"完全没有。"她说。

"好好想一想。'蛇人'是一个德国精神病人的外号，他的真名叫布鲁诺·坦泽。"

德拉摇了摇头。

"坦泽是在一九二一年的秋天自杀的。请你再想一想。你真的完全没有听过这个名字吗？"

"先生们，我不知道你们在说什么。"

"好吧，"斯佩克特只好放弃追问，"我也只是想碰碰运气。你觉得状态怎么样,今天晚上能顺利演出吗?"

"我状态很好,谢谢你,约瑟夫。你是了解我的。等我站在台上,一切都不一样了。"

弗林特接着斯佩克特继续说道:"你一定很累吧?"

德拉叹了口气。"演员这种职业,哪怕是在大红大紫的时候,也要时刻担心自己会不会突然失业。就拿埃德加·西蒙斯来说吧,你还记得他吗,约瑟夫?就在上周,我们在常春藤餐厅聊天,他告诉我,他的经济情况终于有所改善了。他找到了一份不错的差事,得到了定期表演的机会,但紧接着我就听说他坐飞机跑路了,去了国外的某个地方。据我所知,他离得非常突然。"

"西蒙斯?露西·利维刚才也提到了。他是谁?"

"哦,他是一个中年演员。我们剧院里这种男演员并不罕见,不是吗?"

"但他失踪了?"

她没有急着回答问题。"你用'失踪'这个词未免是夸张了。"

"或者说'消失'?你是想说离开了?"

她努力保持耐心看着他。在那一刻,她仿佛在扮演一个修女。"是的,约瑟夫,我就是这个意思。"

"你最后一次见他是什么时候?"

"也许是一周前吧。他一直在这里工作。然后,突然就不见了。"

斯佩克特笑了。"你觉得他是不是急着跑路?也许他和有夫之妇有一腿,丈夫要找他算账。"

"有可能。不过我想说的是,我们这个圈子里谁也没有铁饭碗,都无依无靠。当你走下台的时候,你可能还如日中天。第二天,你就成了明日黄花啦,一夜之间成名,又一夜之间过气。"

"为什么突然这样感慨，德拉？"

"没什么，"她放声大笑，"我只是有点伤感。有意思，也许是因为发生了杀人案吧。"

"你的前途无量，作为演员还大有可为。你没什么好伤感的。"

德拉微笑着看着他，什么也没说。

在她的梳妆台上，弗林特注意到了一本已经被翻阅得很旧的书，书脊上写着《血祭》，作者是克劳德·韦弗。

"你认识克劳德·韦弗吗？"他走到书前问道。

"不认识。我只是喜欢看他的书。怎么了？"

"克劳德·韦弗是里斯医生的另外一个病人。"斯佩克特说完，三人陷入了尴尬的沉默。

"好吧，"德拉不慌不忙地说，"倒也不奇怪，不过我从没见过他。"

"弗洛伊德·斯滕豪斯呢？"弗林特问道。

她的目光转向他们。"弗洛伊德？弗洛伊德怎么了？"

探长的眉头皱了起来。"你认识他？"

"我们认识很久了，我对他并不了解。事实上……"

"但你们之前见过面？"斯佩克特温和地问道。

"最近没有……"

"什么时候？"斯佩克特继续问道。

"在小时候。"

"所以你们是小时候认识的玩伴？他小时候是什么样的？"

"我也说不上来，只是玩伴。"

斯佩克特觉得自己问得差不多了，就走向了德拉。"我教你一招小魔术，"他笑着说，"有兴趣吗？"

德拉朝他眨了眨眼睛。

"好。"斯佩克特说着，从墙上的橱柜里拿出了三个外观一致的白色杯子。他把杯子并排倒扣在桌面上，然后从口袋里拿出一个红色的小橡胶球。他把球弹到德拉面前，德拉灵巧地用手接住了球。

他指示道："你选一个杯子把球藏在里面。"

于是她举起中间的杯子，把球藏到杯子底下。

"请随意交换三个杯子的位置。"他背过身去，说道。

德拉来回移动了三个杯子大概二十秒钟。斯佩克特全程闭着眼睛背对着她，只有耳朵能听到瓷器与红木表面的摩擦声。

弗林特一言不发地看着他们。

"藏好了。"德拉最后说道。

斯佩克特转身面向她，脸上不带一丝笑容。他面无表情地开口说道："你是否确定我不可能预先知道球藏在哪个杯子下面，也不可能通过任何手段看到球的位置。"

德拉点了点头。

"瞧好了，"他向前一步举起了左边的杯子，杯子下面正是橡胶球，"也许你会认为我只是碰巧蒙对了。我们再玩一次如何？"

他们又尝试了两次。德拉每次移动杯子的时候，斯佩克特都背过身去，可是斯佩克特每次都能准确地找到杯子。

"就像所有的读心魔术一样，"他解释说，"这不过是一个老套的骗人手法。虽然三个杯子的外观和设计完全一样，但其实是有一点细微的区别的。第一个杯子的边缘有一个小缺口，第二个杯子的把手上有一条小裂纹，第三个杯子的底部轻微褪色，应该是在阳光下晒久了。普通人几乎无法察觉到这些细微的区别，尤其是在化妆间这昏暗的环境下。但如果你和我一样受过训练，就很容易找出区别。三个杯子的实际情况肯定是不一样的，哪怕不是我刚才说的那些，也还有其他的区别。

"我特意调整了杯子摆放的角度，尽量防止你注意到这些细微的区别。我故意站在这里，方便我的影子落在褪色的杯子上，这样一来，即便你注意到了杯底褪色的地方，也只会以为是看错了。此外，我简单地转动杯子，让另外两个杯子的杯口和把手正对着我。当你开始移动杯子之前，我让你先把球放在其中一个杯子底下。出于人类天生讲究对称的心理，我猜你很有可能会把球放在中间那个杯子底下。但是如果你没有选中间的杯子，倒也无所谓，因为无论你怎么变换位置，我一开始就根据三个杯子的差别，锁定了你放了球的那一个杯子，所以无论你玩多少次我都能准确地把球找出来。当然，我其实无法保证你在移动杯子时不会发现杯子之间的差异。但我作为一名艺术家，愿意为我的艺术冒一点风险。现在，你明白了魔术的原理，你满意吗？"

"不太满意，"德拉说，"这手法也太简单了，我还以为有什么大招呢。"

"但是，亲爱的，魔术就是这么一回事，把不起眼的原理演出惊人的效果。对了，这个魔术手法还可以给我们带来一些有关于感知方面的启示。无论你想如何通过移动这些杯子来骗到我，我总是能够比你看得更全面。你以为你在骗我，但其实从头到尾都是我在骗你。"

她给了他一个微笑，但不知为何笑得有些勉强，她的眼里也没有笑意。

他们准备离开石榴剧院。弗林特停下脚步，轻声在斯佩克特的耳边说道："你为什么这么在意埃德加·西蒙斯？我从来没听说过他的名字。"

"两个不同的人提到了同一个人，这种事可要格外留心啊……"

"别分心，斯佩克特，"弗林特警告道，"别忘了你现在的调查重点是安塞尔姆·里斯医生，我不希望你去调查什么演员失踪的事情。演员肯定经常突然跑路吧？"

"当然，"斯佩克特立刻表示同意，"而且通常在他们跑路之后，就没人记得他们了。"

他们在离开剧院前，特意绕到了舞台前，只见露西·利维正在台上念台词。她念的台词不是自己的，而是德拉的。显然，她很渴望当主演。

"利维小姐，抱歉打断一下。你似乎很想让我注意到埃德加·西蒙斯这人，有什么特别的用意吗？"

她瞪大眼睛，惊讶地看了他一眼。"我只是听说你喜欢谜团，仅此而已。"

"你和我说起了他失踪的事情，而德拉·库克森也提到了。他是在什么时候失踪的？"

"我不清楚。有一天他还在这儿，结果第二天我们……就找不到他人了。"

斯佩克特转向弗林特。"你能帮我查一下埃德加·西蒙斯的地址吗？"

弗林特瞥了他一眼，斯佩克特赶紧说："我知道你说过让我别分心。她们非常希望我注意到西蒙斯先生，这绝不是巧合。"

弗林特欲言又止。他想告诉斯佩克特这就是巧合，而且从事实来看只能是巧合，但他还是忍住了。争辩只是浪费时间。他只好同意了，并在自己的笔记本上记下了这个消失男演员的名字。

回到苏格兰场后，弗林特在自己的办公室里倒了两杯苏格兰威士忌，坐下来和斯佩克特回顾了一下今天的发现。

斯佩克特首先说道："我认为，我们可能太急着给德拉定罪了。我相信她确实在某些事情上对我们有所隐瞒。但我想说的是，我们还没有证据表明她就是蛇人的女儿。"

"你说得对，"弗林特一边喝着威士忌，一边思考着，"我有个想法。你听好，也许这个想法有点奇怪。如果蛇人根本不是自杀的，而是被谋杀的呢？"

"好吧，关于蛇人死亡的报告写得很简略，而把谋杀伪装成疯子自杀也很容易。但我们怀疑的对象非常有限，不是吗？我是说，如果我们假设德拉不是蛇人的女儿，那么医生现在的三个病人不可能有谁和蛇人有关了。"

"病人里确实没有……但别忘了利迪娅。"

"她那时候还很小。蛇人死的时候，她还不到十岁吧？"

"有些孩子，"弗林特做出洞察了一切的神情，"天性就很邪恶。"

"那我就直说了。按照你的意思，利迪娅·里斯在十岁时溜进她父亲的诊所，割断了一名病人的喉咙？那可是名成年男子。"

必须得说，弗林特的推理是合乎逻辑的。"错，是服用镇静剂而且身体虚弱的成年男子。众所周知，在儿童犯罪的案例中还有比这更离谱的呢。"

"如果你说的是真的，利迪娅为什么要让人注意到她过去犯下的杀人案？为什么还要主动向我们提起蛇人呢？"

"斯佩克特，你的问题已经回答了一切——她心理变态。"

"但她有不在场证明。"

"谁，你是说鲍曼吗？他就是傻子，连今天是几号都不知道，肯定对利迪娅言听计从。"

"哪怕鲍曼作了伪证，我们还得考虑萨沃伊餐厅的服务员以及帕尔米拉俱乐部的几个服务员的证词。"

"好吧，"弗林特不耐烦地说，"我不知道她是怎么做到的，但这起案子的凶手太自作聪明了。凶手不怕把真相直接摆在我们面前，因为他觉得我们根本无法看破真相。"

斯佩克特靠在椅背上。"我不反对你的说法，弗林特。我们说的是一个无所畏惧的狂妄之人，一个亡命之徒。无论什么时候，这样的人都是最危险的，"他看着探长的眼睛，"小心点，弗林特。小心行事。"

他们喝完了酒，斯佩克特向弗林特道了晚安。窗外的天色已晚，弗林特透过窗户看着斯佩克特叫了一辆出租车，消失在茫茫夜色中。就在这时，探长发现身后的办公室门口，有个人怯生生地来回走动。

"有什么事吗，胡克？"

"有一个坏消息，长官。"他不敢直视探长的眼睛。

"什么？"

"长官，是布鲁诺·坦泽的女儿。我碰巧听到了你们的部分谈话，但恐怕她不是凶手。她于一九二九年在柏林去世了。"

弗林特若有所思地吸了口气。"她怎么死的？"

"自杀。恐怕是割喉而死。"

弗林特闭上眼睛，用手掌用力地擦着额头。"看来线索断了。"

"我很抱歉，但看起来是的。"

124

"我们没查到坦泽还有其他亲属或者熟人。"

"长官，我知道你对此有很大期待。很抱歉，我带来了坏消息。"

片刻后，弗林特说："不是你的错，胡克。我要回家了。我需要好好休息一晚，整理一下思绪。我建议你也早点回家。不过，能帮我一个忙吗？你顺道去约瑟夫·斯佩克特家，告诉他这个坏消息，好吗？"

在杰尔姆·胡克的家族里，整整五代人都为了维护法律和秩序而工作。胡克只知道怎么做警察，他可能也只有做警察的命了。他希望老天保佑他生一个儿子，这样他就可以把做警察的知识传授给后代。如今，他无时无刻不在和各种法令和规定打交道，然而，他活了二十五年，还从未见过像约瑟夫·斯佩克特这样的怪人，也从来没有来过这样奇怪的地方。

给他开门的是女仆克洛蒂尔德，她是一位瘦削的女子，大约二十岁，皮肤白皙如瓷，一头乌黑的秀发精致地盘在脑后。她在门口打量着他，脸上没有表情。

他说："我找斯佩克特先生有事。"他的脚在鹅卵石上蹭来蹭去，他的手也无处安放。克洛蒂尔德没有说话，只是微微点头，让他进屋。

这就是魔术师的家。胡克的眼前是一条很普通的走廊，墙上是橡木镶板，昏暗的煤气灯上落满了灰尘，似乎和里斯医生的家没什么两样。但是，当女仆带他穿过走廊来到书房时，就好像走进了另一个世界。

"啊！"斯佩克特看到胡克，似乎真的很高兴地叫了起来，"欢迎来到我的圣殿。"

书房里的景象令人惊叹。墙上贴满了各种陈旧的演出海报，许多海报上都写着"奇人斯佩克特先生"的字样。整个房间里充斥着斑斓的颜色，仿佛能让人一窥这位魔术师奇怪的大脑。当然，不仅书架上塞满了书，房间内还摆满了奇形怪状的小玩意儿，像一间博物馆或者展览室。在一个高大的玻璃罐里，用淡黄色的液体浸泡着一条斐济美人鱼，旁边有一排皱缩的头颅，由一条阴森恐怖的链子穿过头颅的耳朵，把这些人头串在一起。此外还有各种装了发条的玩意儿、挂着毛绒帘子的通灵柜、塔罗牌和其他古怪的神秘装饰。更离谱的是，房间里放着一对香炉，飘散着一层带着霉味、令人不安的薄雾，仿佛这里马上要举行某种黑暗的仪式。

"小心，别碰到拇指汤姆①的骨架。"斯佩克特说。胡克一脸茫然，差点被门边铁丝上挂着的一具小骷髅吓了一跳，这具骷髅太迷你了，他还以为是一把鞋刷。

两个人坐在火炉旁。斯佩克特在火光中看起来有些奇怪，宛如一尊蜡像，很不真实。他一定知道这种环境很适合他。"喝茶吗，警官？还是想尝试一下更古怪的饮品？"

"茶就可以了。"胡克差点像个小孩一样叫了出来，但最终克制住了。

"克洛蒂尔德。"斯佩克特示意沉默的女仆，她点点头离开了房间。"请问有什么需要我帮忙的吗？"他转向胡克说，"如果是探长派你来找我的话，一定有急事。"

"坏消息，先生。德拉·库克森不是蛇人的女儿。"

"你怎么知道？"

---

① 英国著名民间童话故事里的角色，是一个只有大拇指一般大小的小男孩。

"因为蛇人的女儿早在一九二九年就自杀了。"

斯佩克特想了想。"我明白了。嗯，我倒不觉得奇怪。不过，我猜探长一定很沮丧，但我没有。你看，这个案子涉及到太多人和事。就比如说——"

他在座位上转过身子，打开了身边的唱片机，里面传来了小提琴独奏。那悦耳而充满希望的乐声，像是鸽子在恐惧和血腥的场景上空飘荡。

"这是弗洛伊德·斯藤豪斯的演奏，"斯佩克特说，"是不是很厉害。"

"简直是音乐天才。"胡克尴尬地咳嗽了一声。

"当然，我们知道天才往往是疯狂的，在历史上可以找到无数例证。我从里斯的笔记中了解到，斯藤豪斯先生被自己的梦境所困扰，而且是非常可怕的噩梦，简直可以和爱伦·坡最黑暗的想象相媲美。听听这个。"

他伸出手，从唱片机上拿起唱针，并没有把音量调小。伴随着尖锐的声响，音乐停了下来。他把目光转向笔记本。"这是两周前的记录：在梦中，病人A像往常一样躺在床上，浑身发烫。他全身汗流浃背，内脏传来一阵阵绞痛，他为此浑身抽搐。他慢慢地意识到卧室里还有别人。窗外的月光照了进来，他看到了一个身穿黑衣的身影。他知道，不管对方到底是谁，他一定就是自己痛苦的根源。他本能地想要发泄怒火，想要攻击自己的痛苦之源。他从床边的桌子上操起一样东西，朝对方砸了过去。瞬间，那身影在一串玻璃碎片中消失了。病人A发现自己只是打碎了一面镜子。"

"我完全不明白你在干什么，先生。"

"是吗，你是说没意思？你一点都不感兴趣？"

"感觉就像是偷窥别人的隐私，梦是一个人的隐私。"

"我相信你说得没错。但斯滕豪斯先生似乎非常喜欢分享自己做的梦。事实上，他太喜欢分享，甚至半夜打电话给里斯医生，趁着自己还记忆犹新的时候，把刚做的噩梦告诉他。显然，里斯医生本人也对这位怪人音乐家的噩梦很感兴趣。也许里斯医生觉得自己可以以他为对象再创作出一本畅销著作。"

"你到底想表达什么，先生？"

"回答我，胡克。当斯滕豪斯开始讲述自己的梦时，里斯医生的第一反应是什么？"

"他开始记录，因为奥利芙·特纳听到了笔在纸上划过的声音。"

"没错，他立即开始做笔记。现在回答我，那些笔记后来去哪儿了？"

胡克怔住了。"我们找到的最近的笔记，是他在奥利芙送晚饭前写下的。在此之后就没有任何记录了。"

"这就意味着，凶手可能从笔记本上撕掉了有关噩梦的一页？也许这一页上有他不希望被我们看到的东西？"

"但是凶手为什么要这样做呢？"

斯佩克特咧嘴一笑。"我想，我们终于问对问题了。"

回到家后，乔治·弗林特探长发现自己有些魂不守舍。妻子在他面前放了一碗炖肉，他直接大口吃了起来。朱莉娅·弗林特是个有耐心的女人，她知道当丈夫满脑子想着查案的时候，不要期望他会有什么反馈。即使如此，当看到弗林特坐在灯光昏暗的客厅的火炉旁休息时，她还是不明白他的眼神为什么显得如此茫然和呆滞。

没过多久，他就坐在椅子上打起了瞌睡，双手手指交叉摆在肚子上。朱莉娅端着一壶咖啡到了客厅，却看到他睡着了，便嘟囔了一句独自上床睡觉去了。

躺倒在椅子里的弗林特无意间摆出了里斯医生死亡时的姿势，接着开始鼾声连连。他虽然睡得很平静，却做了一个噩梦。

他发现自己身处一个密室之中，这里没有门也没有窗户，看不到任何出口。这个地方看起来很熟悉，但又有些吓人。房间里似乎潜藏着一种诡异的威胁。他环顾四周，扫视每一面墙壁，试图发现隐藏的活门或暗格。他注意到房间另一侧的角落里，放着一个人形大小的木箱。他吓得紧紧抓住椅子的扶手，一下子站了起来。

"医生。"一个声音说道。那是一个女人的声音，尖锐而机械，仿佛是从某处看不见的唱片机里飘出来的。"医生？"

怎么回事？他想问，但是嗓子发不出声音。

"医生……"

他慢慢地走近箱子。

"医生，有人找你。"

他的手悬在箱子的锁扣上方。当他正要打开箱子的时候，锁扣竟然咔哒一声自己开了。只听嘎吱一响，箱盖向上翻开，一个影子从箱子里站起来。

弗林特倒吸了一口气，却没有声音。他向后退了一步。那个影子是一团没有形状的模糊黑影。影子不断上升，高过他的头顶。他的眼睛看得不太清楚，但能辨认出对方就是那个穿着大衣、戴着帽子的男人。

"你是谁？"他试探着问。

"医生，"不知从何而来的女声还在重复，"有人找你。"

弗林特心中涌起一股熟悉的恐惧感。那影子举起戴着手套的双手，冲着他伸来，与此同时，影子的脸慢慢地变得清晰，不是正常人类的脸。这张脸上有两排狰狞锋利的牙齿，上面沾满了鲜血和唾液，还有一双黑魆魆的眼睛。这明明是蛇的脸，却和人脸一样大。

弗林特吓得一个激灵，惊醒了过来。壁炉里的火已经烧尽了，清晨的阳光透过客厅的窗帘洒了进来。他坐直身子，不停喘气，痛苦地发现汗水已经湿透了衬衫。他像个老人一样颤颤巍巍地站起身。他踉踉跄跄地跑去厨房喝水，他的膝盖在发抖。

第三部分
冒牌货的故事

（1936 年 9 月 15 日—17 日）

"很好笑是吧？"布鲁斯问，"笑死人了。从头到尾我都在努力查找你的罪证，但人人都以为你在拼命落实我的罪名。"

"我自有办法把一切都掌控在手心里。"波雷得意扬扬地说道。

——约翰·迪克森·卡尔《我的前妻们》

并不是他们看不到答案，而是他们看不到问题。

——G.K. 切斯特顿《针尖》

幕间曲（II）
韦弗先生去五金店

1936 年 9 月 15 日　周二

　　在波多贝罗路沿街的店铺中，莫里森五金店只是一间不起眼的小店。在方形的大橱窗里，摆满了各式各样的日常五金用品，包括铁质餐具、洗衣服用的手动拧干机、衣柜、钓鱼竿、瑞士军刀，等等。今早，店主莫里森开门营业没多久，克劳德·韦弗就从街上莽撞地跑了进来。韦弗看上去面色苍白，衣衫不整，但当他走近店里的柜台时，举止言谈却十分镇定自若。他直奔主题，而且语气很强硬。

　　"我要买那个东西。"他指着柜台后面玻璃柜里的一件东西说。

　　"早上好，先生。"莫里森问候道。

　　"别废话。"韦弗说着，看了一眼自己的怀表。

　　老店主二话没说打开了柜子的锁，取出了里面的东西。莫里森从不应付粗鲁的人，但对必要的事情有足够的耐心。他不紧不慢地把柜子打开，同时乘机仔细打量这个大清早跑到店里来的怪家伙。他皮肤苍白，有点谢顶，脖子和下巴上的皮肤松垮垮的，好像最近刚瘦了点。

　　"先生，你买这东西要做什么用呢？"

"你说呢？防身！保护我自己。"

店主向前探身，看到对方激动的反应似乎很高兴。"你有仇家？"

"我就是要买枪，你到底卖不卖？"韦弗打断了他。

店主按下收银机准备收钱。

第十二章　吸血鬼陷阱

九月十五日这一天就在毫无头绪的工作中过去了。每个人都在忙碌，就连斯佩克特也不例外，虽然没有人知道他在忙什么。事实上，这位老人花了一个小时时间，去河岸街的各个酒吧与各路演员闲聊。他们透露了演员埃德加·西蒙斯失踪的情况。

"他真是个好人，"梅维斯·勒·弗莱在喝下第二杯粉红杜松子酒时说道，"但他最近有点飘了。"

"怎么说？"

"当演员到了一定年纪，找工作就会变得相当困难。埃德加这家伙还在我们面前炫耀，真是让人很不爽。"

他们的说法很一致：埃德加·西蒙斯是一位上了年纪的演员，暴富后一直到处招摇。但除此之外，斯佩克特没有得到更多的线索。不过幸运的是，弗林特打听到了一个地址，是埃德加·西蒙斯最后住过的出租房。在西区演员常待的这些酒吧里，斯佩克特把能打听到的门路都打听了一遍，为此也喝了不少酒，最后按着弗林特给的地址出发了。

女房东有一头血红色的头发，斯佩克特还从没见过这么红的头发。她脸上的粉白得吓人。斯佩克特不禁想到以前读过对伊丽莎白一世女王的描述——一名假发和粉底的重量加起来约等于体重的老女人。她那动听的口音让他愿意听她说一整天，但她显然急于结束正题，想早点把这个发霉的老头赶出她可爱的家。

"西蒙斯？"她说，"别在我面前提这个名字。"

"他不是一个好房客？"

"斯佩克特先生，他确实没给我惹过麻烦，一直很安静，而且很讲卫生。但让我不爽的是，他没付房租就打包走人了。"

"什么时候的事？"

"周六。从此我就再也没见过他。"

"以前没有过这种事？"

"从来没有，一次也没有。但你也知道，人心难料啊。"

斯佩克特的脑海里浮现出一个身影，就是当晚出现在里斯家的男人，他身穿长外套，拉下来的帽檐遮住了眉毛，拉高的围巾遮住了他的嘴。这个里斯医生的神秘客人，这个让奥利芙·特纳觉得不安的男人，这个让警察追查不到的男人，难不成他就是埃德加·西蒙斯？

弗林特讨厌今天这样的日子，他明明做了很多调查工作，却毫无进展。没有新的情报，也没有新的线索。

到了晚上快七点的时候，情况却有了变化：弗林特正准备下班回家休息，桌上的电话却响了起来。

他担忧地拿起听筒。"我是弗林特。"

"弗林特先生，我需要你的帮助，"对方是弗洛伊德·斯滕豪斯，听起来他好像遭遇了什么可怕的事情，"你能马上来一趟吗？"

"怎么了？出什么事了？"

"有人在跟踪我。"

"是什么人？"

"我不知道。我这辈子从没见过这人，但他确实在跟踪我，我只知道这些。我先前在工作室，但他一路跟着我回到了公寓，我觉得他就在楼里。"

弗林特打了个响指，指了指面前的白纸，一旁的下属赶紧递给他一支铅笔。"你现在在哪儿？"

"我在自己家里，迪弗雷纳公寓这里。他就在这栋楼里。我知道他在楼里，快过来吧弗林特先生。"

"你待在家里，哪儿也别去，我这就过来。"弗林特说完就挂了电话。

弗林特一下子找不到胡克，就在办公区里简单看了一圈，找到了整个分局里看起来最强壮的两名制服警员：布里姆和哈罗，他们不仅工作出色，而且人高马大。弗林特带着他们一同前往迪弗雷纳。

他们是开车过去的，虽然车里三个人坐得很挤，但弗林特还是勉强抽出烟丝填进烟斗里，点燃了烟斗。

他们十分钟不到就赶到了那栋装饰派艺术风格的高楼公寓。弗林特风风火火地带头来到大厅里，前台服务员罗伊斯正在玩填字游戏，听到动静便抬起头来。

"先生们，有什么事吗？"
"我们来找弗洛伊德·斯滕豪斯的。警察查案。"

他们快步朝着电梯走去，弗林特注意到了电梯门上方的显示灯，发现电梯停在了四楼。"没时间了，"他说完，朝楼梯走去，"四楼，也就是说我们要走八段楼梯。先生们，今晚要运动一下了。"

说完，他开始一跃两级地爬着台阶。当他们到达四楼时，弗林特几乎没有出汗。他与两位警员来到弗洛伊德·斯滕豪斯的家门口，他按下了门铃，屋里没有回应，他用拳头重重地敲了一下门，还是没人应。他扭过头看了一眼身边的警员，正准备再敲门的时候，门那头传来了轻微的声音，像是有人在吸气。"是谁?"一个颤抖的声音问道。

"是我，弗林特。"

接着，可以听到门那头传来打开门闩和锁链的声响，之后是钥匙转动门锁发出的咔嚓声。最后，弗洛伊德·斯滕豪斯打开了门，他看起来满头大汗，面容憔悴。他请他们进入了屋内。等他们走进房间后，斯滕豪斯又瞧了一眼屋外的走廊，确认他们身后没有其他人。然后，他才砰地一声关上了门，把后背紧紧地贴在门上，仿佛在抵御什么东西入侵似的。

"好了，"弗林特问，"到底是怎么回事?"

"我知道你心里在想什么，但我不是被害妄想症，弗林特先生。相信我，我不是。那家伙就在这栋楼的某个地方，他想杀了我。"

弗林特抽着烟斗说："何不坐下来，把事情从头说一遍。"

几人纷纷坐到软坐垫的扶手椅上，两名警员看起来很不自在，感觉膝盖快碰到耳朵根了。弗洛伊德·斯滕豪斯开始讲述事情的经过。"我从古奇街的工作室出来时，注意到了那个男人。起初我也没在意，"他用颤抖的手给自己倒了一杯白兰地，琥珀色的液体洒在了木桌面上，"要喝点什么吗，先生们?"

"不用了，"弗林特抢在两名警员开口前回答道，"继续说下去。"

"我以前从未见过他，他穿着一件黑色长外套，戴着一顶呢帽，帽檐拉得很低。不知为何，他看起来似乎在极力掩饰自己的脸，生怕我会认出来，向警察指认他。他脖子上围着一条拉得很高的围巾，几乎遮住了他的下半张脸。"

"所以你看不清他的脸？那你怎么能确定没见过他？"

斯滕豪斯舔了舔嘴唇，又喝了一大口白兰地。"我知道你们也许认为我是一个不爱社交的人，也许我的确如此。我在伦敦认识的人很少，只有一些特别熟的好朋友，他们绝不会和我开这种玩笑。总之，我一开始没多想。但后来我坐上去查林十字车站的公共汽车，在车上我又看到了他。最后，当我回到这里时，我看到他跟着我穿过马路，我赶紧跑进了公寓里。"

"哈罗，"弗林特转向一名警员，"待会儿去楼下和前台的小伙子谈谈。看他是否注意到有可疑人员。我们要想办法找到那个电梯操作员。"

"皮特？"斯滕豪斯说，"他怎么了？"

"我们刚才没看到他。"

"我信不过他。"斯滕豪斯喝着白兰地继续说道。

"希望你认真回答我接下来的问题，斯滕豪斯先生。你觉得为什么有人要跟踪你？"

"弗林特先生，我觉得对方是在威胁我。我猜他一定认为我掌握了什么线索。"

"线索？"

"当然是关于谋杀案的线索。"

"那我直说了，"弗林特说完，从窗户向外看，楼下正是铺着鹅卵石的庭院，"你似乎在暗示，这个跟踪你的人就是案发当晚的神秘客人。"

"还能是谁呢？"

"我能想到很多人选，我认为任何人都有可能。你就这么相信跟踪你的人和谋杀案有关?"

"弗林特先生,因为他的表情——他的眼神中深藏着杀意。"

弗林特转向一名警员。"布里姆,你留在这里,一刻都不准离开斯滕豪斯先生,明白吗?哈罗和我一起去询问前台,我们会彻底查一下这栋楼,看看能不能找出这个人来。"

弗林特离开房间,来到空无一人的走廊,沿着走廊走向电梯。他的脚步声在地砖上回响着,显得周围十分空旷。尽管他在苏格兰场工作了这么多年,此刻还是感到脖子后跟发冷,头皮发麻。他后悔自己没有带上左轮手枪。

然而,电梯里空无一人。那个男孩去哪里了?弗林特觉得奇怪,带着哈罗走进了电梯。弗林特按下了底楼的按钮。

两人回到大厅,来到了前台处。"你有没有看到可疑的人进入公寓?"

罗伊斯吓了一跳。"没有。在一小时前,斯滕豪斯先生回来了,接着就是你们三个,这中间没有任何人来过。"

"你有没有看到什么人跟着斯滕豪斯?"

"我没有注意。"

弗林特哼了一声。"皮特·霍布斯去哪里了?我是说那个电梯操作员。"

"他很可能去抽烟休息了,先生。他这样'休息'一个多小时是很常见的事,先生。我的上级都知道这事。"

"我们到的时候他不在。"

"我说了,先生。他这种情况是很常见的,在此向你道歉。"

"不用道歉,他人在哪里?前面电梯停在四楼,里面没人。"

罗伊斯还是不松口。"我很抱歉。也许他去了公寓楼后面的院子里。我想亲自陪你去看看，先生，但恐怕我不能擅自离岗。"

弗林特和警员朝罗伊斯指示的出口走去，穿过厨房和洗手间，来到铺着鹅卵石的方形庭院里。夜晚的空气中透着丝丝寒意，弗林特走到外面的时候打了个寒战。可是庭院里也不见皮特·霍布斯的身影。

"待在原地别动。"弗林特对哈罗说。他自己轻轻地穿过院子，注意到了庭院另一边有一条狭窄的小巷。毫无疑问，这条小巷通向外边的街道。当他走近小巷时，他开始意识到周围异常安静。这种安静的氛围如同蛹茧一样包裹着他。空气像是静止了。在他身后，公寓楼有几扇窗户亮着，在院子里投下几处阴影。但巷子里一片漆黑。

"皮特！"弗林特喊道，"皮特·霍布斯，你在吗？"

一个黑色的影子迅速窜进他的视线之中。"皮特，是你吗？"

黑影站在原地一动不动。弗林特感觉到，对方正在愤怒地盯着他，他却看不到对方。"你是谁？是谁？"

他第一次意识到自己是如此弱小，他既看不到也无法辨认出黑影是谁。他没有带任何武器，甚至连手电筒都没有。

这个黑影显然是一个男人，一动不动地站在远处的巷口。他的外衣和帽子都看不出任何特征。弗林特继续朝着黑暗走去。

就在这时，响起一声枪响。

人们常用"震耳欲聋"来形容枪声，在这种安静的环境下也确实如此。突如其来的枪声响彻整条小巷，令人心头一颤，整个庭院仿佛回荡着来自地狱的回声。弗林特脸朝下猛地扑倒在地，子弹打偏了。伴随枪声的回音，弗林特听到了奔跑的脚步声，对方沿着小巷跑到外面的街上去了。

哈罗闻声赶来，把弗林特扶了起来。弗林特喘着粗气，一想到自己前一刻还离死亡如此接近，心中不免有些害怕。"他……他跑到巷子里去了。快去追他，哈罗。但是要当心，看在上天的分上！他有枪。"

哈罗火速冲进小巷，追赶那个消失的黑影。

弗林特蹒跚地走去巷子口。远处的路灯照亮了眼前的地面，留下一圈淡淡的光晕，地上只有垃圾箱和空板条箱。他走着走着，感觉脚踩到了什么东西。他蹲下身来擦了一根火柴，低头查看。借着橘红色的火光，他看到了一把左轮手枪。枪口正冒出一股细细的烟雾。

"谁干的？"身后有人用低沉嘶哑的声音说道，语气中满是恐惧。

弗林特转过身，在火柴的微光照耀下，他看到了德拉·库克森的脸。

"谁开的枪？"她紧皱眉头，张大了嘴巴。她看起来一副呆愣的样子，是绝不希望被八卦小报偷拍到的丑态。

"库克森小姐，"弗林特喘着气说，"你怎么会在这里？"

当弗林特和哈罗来到楼下时，布里姆和弗洛伊德·斯滕豪斯正一起待在 408 号公寓里。布里姆欣然接受了斯滕豪斯递来的香烟，然而烟还没点上，门铃就响了。斯滕豪斯正要划火柴的手像触电一样颤了一下。

"怎么了？是谁在外面？"

"别担心，先生，"布里姆说着，取下嘴里还没点燃的香烟，塞进口袋，等着待会儿再抽，"应该是探长回来了。"

"小心点，伙计。别怪我没提醒你。"

布里姆向门口慢慢靠近，同时放慢了脚步。他发现门口散发着一种不祥的气息，越靠近气息就越强烈。他不知道门的那一头到底是谁。

他的手悬在门把手上。

"探长?"他喊道，但没有人回答。

布里姆深吸一口气，推开了门。

门口空无一人。他走到屋外，打量了一下各处，发现走廊里没有人影。

"是谁?"身后传来斯滕豪斯颤抖的声音。

"没人。"布里姆疑惑地回答。

"你说什么?"斯滕豪斯走到布里姆的身后，越过他肩膀，来回扫视着走廊。就在这时，他们听见了枪响。

"什么声音?"斯滕豪斯歇斯底里地尖声问道。显然这位音乐家情绪很容易激动。

"是枪响，先生。楼下有人开枪，我得下去看看。"

"我和你一起去。"

"先生，我建议你留下。"

"你打算把我一个人扔在这里？天知道对方有多少人，说不定叫了一支武装部队要对付我。"

"行吧，"布里姆耸耸肩说，"如果真的来了武装部队，那今天你可惨了，斯滕豪斯先生。"

两人经过走廊，布里姆朝着楼梯走去。

"你这是去哪儿?"斯滕豪斯问。

"下楼。"

"为什么不坐电梯？"

"相信我，先生。在这种情况下，待在封闭空间里更危险。"

他们走楼梯到了底楼。布里姆带头走到大厅里。罗伊斯还在前台，看起来畏畏缩缩的。

"怎么了？"他喊道，"外面出什么事了？我想出去看看，但恐怕我不能离岗……"

"别担心，"布里姆还在嘴硬，"一切都在我们的掌控之中。"

他朝着庭院走去，弗洛伊德·斯滕豪斯跟在他身后。但他们走到一半就遇到了气喘吁吁的弗林特，更奇怪的是，和他在一起的还有德拉·库克森。

"你们两个在这里干什么？"弗林特问道，"你们为什么不待在楼上？我告诉过你们，乖乖地待在公寓里。"

"我……我想过来看看能不能帮上忙，长官。"布里姆结结巴巴地说。

"还把斯滕豪斯一起带下来？天哪，伙计，能不能动动脑子。你什么忙也帮不上，有一个家伙开了枪，现在逃走了。哈罗去追他，但没追上。那混蛋竟然敢搞偷袭。"

"哈罗现在人在哪儿？"

"还在外头，正在仔细检查现场。来吧，我们把斯滕豪斯先生带回楼上去。我也有一两个问题要问你，库克森小姐。"

他们回到大厅，前台服务员仍然惊魂未定。"怎么了？出什么事了？"他叫道。

"庭院里发生了一点小意外，但一切都结束了，我可以保证。"

他们都围在前台周围，试图弄清楚刚刚发生了什么。是谁开的枪？开枪的目标又是谁？很快，哈罗喘着气回来了。

弗林特把目光转向了德拉。"你最好解释一下你为什么会出现在这里，库克森小姐。请不要撒谎。"

她叹了口气。"这下我逃不掉了，是吗？我是来找弗洛伊德的。"

"你是说斯滕豪斯先生？你为什么来找他？"

她露出一个狡猾的微笑。弗洛伊德眨了眨眼睛来掩饰自己的尴尬，眼神低垂着。

"难道我来找他还违法了？你知道的，我和他很小的时候就认识了。我们偶尔还会联络一下。不是吗，弗洛伊德？"

"没错，探长，"斯滕豪斯主动说道，"我们小时候一起玩过。"

弗林特用笔尖轻轻敲打着笔记本。他看着德拉。"我想你还没有回答我的问题。"

"我来这里是想请弗洛伊德帮个忙，是我的私事，和案子无关，所以我不明白为什么要告诉你。"

"小姐，你现在处境很不妙，我想你自己也知道。你已经第二次出现在犯罪现场了，而且又不肯解释原因。请原谅我，但我没办法不怀疑你。"

"听好了，既然你一定要知道原因，"她打断道，"我就直说了，我是来找他借钱的。"

弗林特一时语塞。他突然注意到前台服务员罗伊斯在偷听。"我们上楼再讨论这事，好吗？"他说。

于是，弗林特、德拉、斯滕豪斯和两个气喘吁吁的警员一起朝着电梯走去。虽然人有点多，但电梯应该能勉强挤得下，大家在一起总比分开行动来得安全。可是，等到电梯门缓缓打开的时候，弗林特愣住了。

他起初远看以为电梯的地上堆着一堆布料。走近一看，才发现那是皮特·霍布斯蜷曲着躺在地上。

"大家退后。"他对其他人说。他和警员们进入电梯，想看得更清楚一些。德拉用手捂住嘴，惊恐地转过身去。弗林特低身靠近男孩，将手伸向他的脸，最后把手放在他的鼻孔下方，但没有感觉到气息。

"他死了，"弗林特说，"看起来是被勒死的。"

仔细看电梯操作员的尸体，他的喉咙上缠着一根绳子，绳子死死地勒紧皮肤，都勒出了血痕。整具尸体简直像是恶魔的杰作。"我不明白，"弗林特继续问道，"他是怎么进到电梯里的？"

他对着一直守在前台的罗伊斯喊道："自从我和哈罗走出电梯后，有没有人用过电梯？"

"没有，先生。"

"那尸体是怎么进去的？你看到皮特·霍布斯了吗？电梯停在底楼的时候，有人乘机把他抬进电梯了吗？"

"不可能，先生。我一直盯着电梯门。如果有人靠近电梯，我就会看到。我向你保证，没有人靠近过电梯。"

弗林特抬头看了看电梯轿厢的天花板，天花板装了一扇方形门，几乎和天花板同样大小。这扇门是方便工人维修电梯用的，此时门内侧插着插销。"看来，这又是一起不可能犯罪。"弗林特低声总结道。

救护车来了，负责现场拍照的技术人员和制服警员也到了，开始在周边巡逻并收集各方证词。但弗林特知道他们什么也查不到。他从头到尾一直在现场，直到谋杀发生的那一刻为止，然而他完全没有头绪。

弗林特亲自指挥了整栋公寓楼的搜查。公寓的五楼一整层都是空的，没有任何住户。从五楼往下，他们叫醒了每一层的住户并进行了问话，但除了那声恼人的枪声外，大家没听到任何动静，甚至很多人误以为枪响是汽车回火的声音。此外，公寓的窗户都锁着，没有外人入侵的迹象。

验尸官给皮特·霍布斯做了检查，但并没有什么发现。"我只能说，他遇害还不到一个小时，死了没多久，是被勒死的。准确地说就是机械性窒息死亡。"

"凶器呢？"

"我待会儿有空单独检查一下绳子，也许会有更多发现。但现在我只能说，这只是一根普通的绳子，在工厂、仓库、船坞都很常见，就是那种用来绑东西的绳子。"

"但你肯定他死了不到一个小时？"

"很肯定。"

"那斯滕豪斯就排除嫌疑了，他一直和我们在一起，"弗林特喃喃道，"但德拉还是有嫌疑的，她可能在遇到我之前就杀了这个电梯操作员。"

"恕我直言，"病理学家说，"我觉得女人力气小，办不到这事。"

弗林特没有理会。"你知道凶手是如何潜入电梯行凶的吗？"

"那是你们部门的事，不是我们的。你敢肯定前台服务员说的是实话吗？"

"不管前台服务员的话是否可信，至少我自己大部分时间就在楼下待着，我不知道皮特·霍布斯是怎么进电梯的。我和哈罗从电梯里走出来后，电梯就一直停在底楼，再也没有人进去过。"

布里姆点了点头。"那就是说，庭院里发生骚乱的时候，正是他的死亡时间。"

"我现在明白了，"弗林特接着说，"庭院里发生的一切都是烟幕弹，是调虎离山之计。凶手想让我们分开行动，他成功做到了。不过还有一个问题，为什么凶手一定要杀掉电梯操作员呢？"

"这个电梯操作员一定是知道了什么秘密，或者目击了什么情况。"

警官补充道："电梯门一直在前台服务员的视线范围内。他保证，电梯停在底楼的几分钟里，没有人进出过电梯。"

"而且在枪响之后，我们所有人一直都在一起。"

"也许，"验尸官不合时宜地打趣道，"你应该叫你那个魔术师朋友来帮忙看看。调查电梯密室杀人这类案件应该是他的强项，我爱莫能助。"

弗林特一言不发，快步离开了。

此时，一群记者聚集在公寓楼外的台阶上。当弗林特走出公寓的时候，他们的相机镜头明晃晃的，闪光灯也亮个不停。在嘈杂的人声中，他听到了几句来自记者的提问：

"警察先生，这又是一起不可能犯罪吗？"

"凶手还没有找到吗？"

"……是同一个人干的吗？"

"……这次的命案是电梯密室杀人，是真的吗，探长？"

"要怎样才能阻止幽灵杀手继续作案，警察先生？"

弗林特没有回答。他站在台阶顶端，沉默地看着新闻摄影师们争抢最佳的拍摄机位，把烟斗填满烟丝。他点燃烟斗，吸了一口温暖的烟。接着，他带着坚定的神情大步离开了。摄影师们目送他远去。此时，天空才蒙蒙亮。

第十三章　疯子埃斯皮纳

1936 年 9 月 16 日　周三

当弗林特走进帕特尼街的黑猪酒吧时，产生了一种似曾相识的感觉。约瑟夫·斯佩克特正坐在隔间里的老位置上，面前有一张桌子，上面摆着一副塔罗牌。此时是早上六点十分，昨晚发生的一系列骚乱还历历在目。

"要占卜吗？"斯佩克特问。

"你听说了吗？"弗林特在桌子旁坐下。

"关于电梯操作员的事？我听说了。坏事传千里。"

"你怎么看？"

"目前我了解到的情况不多，但是有了一点线索。"

"什么线索？"

"你还记得那个叫罗伊斯的前台服务员吗？"

"何止是记得，过去八个小时我一直在盘问他。"

"好吧，事实证明我给他表演魔术是一笔有回报的投资。他今天早上给我打了电话，看来他有点怕你，探长，不敢告诉你全部的真相。但他把自己知道的情况告诉了我。"

"什么情况？"

"关于在巷子里逃走的那个人究竟是谁。"

"是谁？"弗林特显然有些怀疑，"你说来听听。"

"我直接叫他出来好了，"斯佩克特说完，呼唤道，"比尔，你能进来一下吗？"

一个老人走进了隔间里，看起来是一个可怜又邋遢的乞丐，言行举止非常随便，全身脏兮兮的。在他深陷的眼窝里，发红的眼睛里透着智慧，脸上的皱纹里刻满了痛苦。他的左臂吊着绷带。

"你是谁？"弗林特问道。

"请允许我介绍一下。比尔·哈珀。"斯佩克特说。

弗林特疲惫地半眯着眼睛，追问道："这个比尔·哈珀是从哪儿来的？"

"啊哈。他从街上来的，可怜的比尔无家可归，所以他昨晚才会在小巷里。你可能注意到了，可怜的比尔受伤了，是被一个身份不明的人用枪打伤的。比尔，不如你自己讲讲是怎么回事？"

比尔缓缓坐了下来，胳膊吊着的绷带不小心碰到了桌子的边缘，他不禁疼得颤了一下。"自从我被工厂解雇后就一直露宿街头。但最近夜里越来越冷了，我很难找到像样的地方睡觉，所以我一直待在公寓楼后面。"

弗林特用手肘撑着桌子，向前探身，来了兴趣。"在迪弗雷纳公寓后面的小巷里？"

"就是那里。那个叫罗伊斯的家伙人还挺好的，他时不时会照顾我一下，比如给我拿点吃的。简单来说，昨晚枪声响起的时候我就在小巷里。"

"你有没有注意到什么人？"

"只注意到了你，先生。还有那位女士。我当时睡着了，你的喊声把我吵醒了，所以我起来看看发生了什么事。就在那时，有人开枪误伤了我。"

"子弹擦伤了他的胳膊，"斯佩克特解释道，"就像任何人面对枪击的自然反应一样，比尔当场逃走了。"

弗林特很苦恼。"所以你是说，我昨天在巷子里看到的人其实就是你？"

比尔郁闷地点了点头。"医生说我受的伤不算太严重——原本可能会更严重。"

"你看到是谁朝你开枪吗？"

"没有。我当时躺在巷子里睡觉，枪声传来，我感到手臂疼得要命。当时我吓坏了，先生。所以我逃走了。"

"你去了哪里？"

"去了医院。我流了很多血。"

弗林特的态度缓和了一些。"我想医生给你处理了伤口吧？"

"处理得挺好的，先生。"

"所以你不知道开枪的人是谁？"

乞丐摇了摇头。

"就比尔了解到的情况来看，"斯佩克特补充道，"当时庭院里只有你和德拉·库克森两个人。"

"不可能。开枪的肯定另有其人。"

"确实如此，但不管是谁，肯定不是比尔，也不是你看到的那个跑出巷子的人。"

"那现在算是怎么回事？"

斯佩克特叹了口气，转向比尔，递给他一张一英镑的纸币。"去吃点东西吧，老伙计。"比尔立刻溜走了，就像出现的时候一样突然。仿佛这只是斯佩克特的又一个魔术把戏。接着，斯佩克特把目光转向了弗林特。"要理清楚昨晚发生了什么，可谓是一项相当艰巨的任务。事情有很多细枝末节，每个人对于这些细节的描述又很主观。但是，弗林特探长，为了你我可以试一下。"

老人拿出一页崭新的便签纸和一支沾了墨水的钢笔，写下事件的时间线。

弗林特和两个警员在昨晚七点半到达了迪弗雷纳。晚上八点到九点之间，皮特·霍布斯被杀害，尸体扔在了电梯里。但电梯只在底楼和四楼之间往返过，没有在中间楼层停下，也没有到过五楼，而且五楼也没人住。在理清了电梯密室杀人案之后，斯佩克特又转向枪击事件本身。"关于庭院里开枪的人，你们了解到他的哪些信息？"

"一无所知。"

"知道他朝谁开枪吗？"

"不太清楚，但很有可能是我。"

"他为什么要开枪？直接逃跑不是更合理吗？何必冒险开一枪，而且还没打中。"

"那你怎么看？"

斯佩克特没有回答。"你们调查了德拉·库克森为什么会出现吗？"

"她说想和斯滕豪斯借一笔钱。"

斯佩克特挑了挑眉毛。"和斯滕豪斯借钱？"他琢磨了一下，"也许我最好再找德拉谈一谈？"

"如果你觉得有用的话，请便。但不可能是德拉开的枪。别忘了指纹——那天晚上德拉没有戴手套，如果是她开枪，现场的那把左轮手枪上肯定有她的指纹。"

"除非她采用了什么诡计，"斯佩克特若有所思地说道，"有一种诡计可以做到：她提前准备了两把左轮手枪。她先戴上手套，对着某种东西开一枪，比如枕头之类的，这样就不会发出枪响。然后，她把这把左轮手枪放在地上，等待你来发现。接着，她脱掉手套，拿出第二把左轮手枪，再对着空气开了一枪。等到枪响之后，她把枪藏进手提包里。这么一来，当你走到巷子里，发现地上冒烟的左轮手枪，自然会认为这和发出枪响的是同一把枪。你们在这把枪上找不到德拉的指纹，自然就不会怀疑她了。"

"你不会指望我相信这种鬼话吧？我当然搜了她的包，没有第二把枪。"

斯佩克特的笑容很真诚。"那她可能是随手扔在什么地方了。探长，别误会，我可没指望你会相信这种鬼话。只是，我的爱好就是解释不可能的谜团。"

"我真的想不出来了，上天保佑我。我还是搞不懂德拉·库克森小姐和这件事到底有什么关系。"

"不，在本案错综复杂的关系网之中，这仅仅只是很小的疑点而已。顺便说一句，我这几天一直在研究偷窃癖，"斯佩克特说，"偷窃癖确实很有意思。通常情况下，偷窃癖是一种心理状态的外化表现，而并非心理状态本身，据说叠加性心理创伤才是偷窃癖的心理成因。我们一般会注意到，偷窃癖患者并不享受偷窃行为本身。恰恰相反，患者往往苦于自己想要盗窃的冲动，偷窃成了一种无法控制的生理行为。当患者看到某件物品的时候，会产生一定要偷走的念头，但同时会感觉非常愧疚。患者一般要借助药物治疗，否则就像被恶魔附身了一样，无法控制自己偷窃的行为。患者大脑中会产生一种巨大的冲动，只有通过偷窃才能够缓解。

"人们对于偷窃癖的认知有几点误区：首先，偷窃癖患者并不是为了钱而偷东西，患者无法自主选择偷窃的目标。其次，患者不会出于个人的主观情绪而去偷窃，比如特别讨厌或者憎恨一个人，就把他的东西偷走。因为偷窃行为是无意识的，唯一的主观情绪就是愧疚。因此，这类患者通常偷窃一些没有价值的东西。事实上，患者很少对真正值钱的东西下手，因为从来没有考虑过实际价值。"

讲完这番话后，斯佩克特看着弗林特，似乎在想要看看探长是不是完全理解了。然后斯佩克特继续说道：

"几年前，我在比利时旅行，碰巧参观了根特的博物馆，馆内藏有泰奥多尔·库里柯的一组肖像画作。这些作品已经有一百多年的历史，但如今看来依旧富有表现力，而且非常美。库里柯想要描绘出各种临床精神病的患者，因此他以萨尔佩特里耶尔医院的十位病人为模特，创作了这组肖像画。他非常传神地描绘出了不幸的病患形象，非常了不起。其中有一幅名叫《一个偷窃癖患者的肖像》，这幅画最近一直萦绕在我的脑海中。画中的病人，表情显得很僵硬，带着捉摸不透的感觉，目光痛苦而呆滞。可以看出，虽然他的眼神很茫然，但内心却很痛苦。席里柯的独创之处在于，他把精神病人当作正常人来描绘，在画中他们与普通人无异。他捕捉到了他们的行为特征，展现出他们内在的脆弱和敏感，体现了他们具有人性的一面。我这几天常常想起那幅画。"

"所以，你在德拉·库克森的眼睛里看到了什么，痛苦和呆滞吗？"弗林特问道。

斯佩克特似乎在琢磨这个问题。"当我看着德拉的眼睛时，看到的是完全不同的情感，是一种更为阴暗的东西。我不禁要问，她的人生经历了怎样的苦难？真的是她偷走了《诞生》吗？直觉告诉我事实并非如此。在里斯医生的笔记中，德拉是一个喜欢顺手牵羊的小偷，只在有机会的时候下手。而且偷的都是些不值钱的小玩意儿。她只喜欢东西拿在手里沉甸甸的感觉，绝对不会偷走昂贵或者庸俗的东西。《诞生》不应该是这位女演员喜欢的目标。那幅画太笨重了，偷起来也不方便。我们知道，她不在意也没提过那幅画的金钱价值。"

"我认为你最好不要草率地下定论。就连里斯医生也很难确定她偷窃的动机是什么。还记得那块怀表吗，她完全有机会偷走马库斯·鲍曼的怀表，但她却没有。她的行为根本没有规律可言。她到底喜欢什么的目标，谁也说不准。"

"反驳得很有道理，"斯佩克特表示同意，"你注意到了她有机会偷走怀表这一点。我们现在看出来了，她偷东西往往是顺手而为。但对她来说，《诞生》并不是顺手能偷走的东西。这幅画被藏在一个房间的床底下，还锁在一个匣子里。如果她不撬锁开箱，根本很难将其偷走。可她不是一个会撬锁开箱的神偷，只是一个顺手牵羊的扒手。"

他突然转向弗林特说道："仔细想一想，其实她不偷怀表的原因就写在医生的笔记里。还记得马库斯·鲍曼不小心撞见她的事吗？除了怀表之外，医生对鲍曼的反应也做了记录，非常有意思。根据笔记里的描述，鲍曼一眼就认出了德拉。但我记得很清楚，当我去观看《死亡小姐》的首秀时，无意中听到鲍曼和利迪娅尴尬的交流，鲍曼假装从不认识德拉是谁，甚至还把她的名字叫成了'海伦·库克森'。这本身是一件小事，仔细一想却很奇怪：为什么马库斯·鲍曼要谎称自己不认识德拉，又为什么偏偏是在利迪娅面前？"

弗林特用手指敲击着桌面。"这么说，鲍曼确实认识德拉。他不想让利迪娅发现这一点，但是他骗人的手段太拙劣了。"

斯佩克特点了点头。"让我们继续往下想：可以肯定，鲍曼在多里斯山偶遇德拉的时候，表现出非常了解她，到了石榴剧院里又假装完全不认识她。而德拉没有顺手偷走鲍曼的怀表，只有一种解释——她也认识鲍曼，所以完全愣住了，甚至有些害怕。因为她从没想到会在里斯医生家里碰到他，她也不希望在这种地方碰到他。为什么？很简单，德拉和鲍曼之间有男女私情。这是生活中尴尬的巧合，她的情人竟然是心理医生的准女婿。听起来很离谱，但完全有可能。鲍曼特别热衷各种上流社会的社交活动。而德拉是一名演员，往往是社交活动的焦点人物。在这样的情况下，他们不可能从没见过面。还有一点：本杰明·提塞尔在聚会上给德拉展示《诞生》时，德拉给出的反应让他非常满意。他似乎觉得她看画时的样子有些入迷了。你觉得他的话是什么意思？"

"嗯，"弗林特说，"只有一个办法可以搞清楚。我们再去找德拉问问。就算累死，我也要把案子查个水落石出。不过，斯佩克特，请你先帮我一个忙，给我来杯啤酒，好吗？"

他们发现德拉一个人在石榴剧院的化妆间里，上妆的手在微微颤抖。

"你今天还要继续演出吗？"弗林特说。

"我知道你们会觉得我冷酷无情，我不在乎。我要靠表演吃饭，要不是昨晚发生的事，我已经从弗洛伊德·斯滕豪斯手上借到钱了。"

"你昨晚一直在回避我的问题，库克森小姐，你要钱干什么？

156

是有人敲诈你吗?"

"即便有人敲诈我,"她整理了一下胸衣说,"那也不关你的事。"

"弗林特先生,请允许我打断一下,"斯佩克特插话道,"我只有一个问题要问你,德拉。"

她从镜子前转过身来看着他,眼神流露出一种无声的焦虑。"问吧,约瑟夫。"

"我的问题和弗洛伊德·斯滕豪斯、皮特·霍布斯甚至里斯医生都无关。我想问的是《诞生》这幅画。"

"你想问什么问题?"

"据你所知,本杰明·提塞尔在那天晚上有没有把这幅画给别人看过?"

"没有,他没有。因为他亲口告诉我,只和我分享这幅杰作。"

"他给你看画的时候,房间里光线很暗吗?"

"房间没有开灯,只有月光从那扇小窗户照进来,我才勉强能看清东西。他说不开灯是因为这幅作品在自然光下欣赏才是最美的,才能感受到作品最真实的一面。"

"房间里只有你们两个?"

"是的,至少——"她突然打住了。

"怎么了?"

"没什么……可能我多心了。"

弗林特本想追问下去,但斯佩克特却转移了话题。

"你对西班牙疯子马诺利托·埃斯皮纳了解多少?"

"只知道他是个画家。"

"我觉得你太谦虚了,你对他的了解远远不止于此。但也许你

157

不知道，人们之所以把他叫作疯子，其中有一个原因：他坚信自己的画在预示未来。他那幅怪异的《下地狱的风景》在首次亮相时引起了巨大轰动，因为埃斯皮纳附带了一份说明，说这幅画完全取材自真实生活。他很幸运，没有被人当作邪教徒绑起来烧死。"

德拉的语气很平淡。"你到底想说什么，约瑟夫？"

"艺术具有真实的力量，而这种真实会引起观众的共鸣。不可否认，《诞生》绝对是天才之作。但我一直在想，你为什么看到这幅画会特别入迷，"斯佩克特说完，稍稍停顿了一下，又镇定地问道，"这幅画的主题是什么？"

"这很重要吗？"

斯佩克特眨了眨眼睛。

"母亲和孩子。"德拉叹了口气。

"我接下来要说的，纯粹是我个人的猜测，"斯佩克特说道，"如果是在法庭上，我这算是无端诽谤。但你不会起诉我的吧，德拉？如果我们把细节结合整体来一起考虑，就会得出一个明显的结论：马库斯·鲍曼和你有外遇，你受到了巨大的打击。因此，当你看到一幅文艺复兴时期的杰作，发现画中描绘的是母亲和刚出生的孩子，你的内心产生了一种强烈的反应，你激动地离开了聚会，穿过伦敦城去找你的心理医生。"

德拉脸上带着苦笑，语气倒是冷冰冰。"我觉得你太含蓄了。你早就看出来了，是吗？你应该也在想我为什么经常缺席排练？因为我要去看医生。不光是里斯医生，我在哈雷街还有一个私人医生。当我开始注意到自己身体出现某些……奇怪的变化，我就去找他检查了。"

"然后呢？"

她高傲地吸了吸鼻子。"这事与你无关，约瑟夫……所以请你别说出去。医生告诉我，我已经怀孕两个月了。"

斯佩克特认真地点了点头。"孩子的父亲呢？"

"什么意思？"

"孩子的父亲知道你怀孕了吗？"

"不，他不知道。他知道了又有什么用呢？"

"是马库斯·鲍曼的孩子，对吗？"

"是的。我当然不知道他和里斯医生的女儿订婚了，这真是让人不舒服的巧合。不过老实说，即使我早就知道，我也不觉得情况会有什么不同。"

斯佩克特若有所思地点了点头。"你打算怎么办？"

"我一直在试着忘记，假装没有这回事。但我不能一直选择逃避，对吗？很快大家就会看出我的肚子大了。"

"所以你又开始酗酒了。"

"我不知道还能怎么办，"她快哭了，"除了里斯医生，我没有人可以倾诉。他对整件事表现得很谨慎。首秀当晚的演出结束后，他来到我的化妆间，我就把怀孕的事告诉了他。他没有发表太多看法，我感觉到了他的为难。所以我试着把这事抛到脑后，把心思放在演戏上，但心情却变得越来越糟。直到提塞尔给我看那幅画的时候……"她的眼眶湿润了，泪水顺着脸庞滑落。

斯佩克特拍着她的胳膊说："亲爱的，我完全理解你的心情。"

"我顿时感觉心如死灰，羞愧至极，恐惧万分，简直快要死掉了。如果这事抖出去，那会是多么轰动的头条新闻啊！"她发出沙哑的笑声，"我只好立刻跑出提塞尔的家，离开了聚会现场。我当时只想到了一个地方。"

"里斯医生的家。"

"没错。我打了出租车直接到了那里。从我离开提塞尔家到多里斯山，大概只用了十五分钟。"

听到这里，斯佩克特的表情一直很平静。"本杰明认定是你偷走了那幅画。"

"绝对不是我干的，约瑟夫。你一定要相信我。我知道，你了解我有……特殊的癖好，"她说这句话时，都不敢看斯佩克特的眼睛，"但我绝不会偷走如此迷人的杰作。那简直是一幅完美的画。看着它，我的心都痛了。"

"但是你必须承认，这一切都太过巧合，你很不走运。"

"你说得没错，我太倒霉了。当然，一旦我的肚子变大了，无论如何我都没法上台了，"她低头看了看自己的腹部，"孕妇的大肚子是很难隐藏的，更别提继续演戏了。但我原本希望自己能够找个机会体面地离开剧团。现在看来，我被当成了小偷，真是事与愿违。"

"那倒未必。毕竟，女仆和聚会上的客人都可以证实，你离开时手里没有画。当晚聚会上还有谁可能知道那幅画放在那里？"

她摇了摇头。

"当时楼上只有提塞尔和我两个人。我的意思是，我无法证明这一点，但我知道当他打开匣子的时候，房间里只有我们两个人。"

"聚会上的其他人似乎都能相互提供不在场证明。唯一的解释就是，有一个外人神不知鬼不觉地进了屋子，"斯佩克特的语速开始加快，仿佛得到什么重要的启示，"现在两个值班的女仆告诉我们，当时没有外人来过。我们相信了她们的证词，因为她们可以看到每一个客人的进出情况。"

"斯佩克特，你到底想表达什么？"弗林特问道。

"我有一个奇妙的假设……你还记得切斯特顿的短篇小说《隐形人》吗？在小说中，凶手成功逃离了犯罪现场而不被发现，宛如幽灵一般。目击者都声称自己没看到他进出过案发的房子里。"

"怎么做到的？"

"语义学上的歧义，'没看到'既可以指肉眼看不见，也可以指意识没有察觉到。当女仆们得知家里发生了一起盗窃案，警察问她们是否看到可疑人物或者不速之客，她们自然会联想到一个窃贼的形象，例如一个身材高大、长相粗野的男人，一眼看着就很危险的那种。这就是联想的强大力量。她们没有看到符合这种形象的人，所以自然而然地认定当时没有人进出屋子。"

"我明白了，"弗林特说，"你认为小偷实际上打扮成来参加聚会的样子。这个小偷不一定真的收到了提塞尔的邀请，但看起来像是聚会的客人。"

"没错。是一个穿晚礼服的人，而且是女人。在那些女仆眼里，这样的人不可能是小偷。所以，她们下意识把她忽略了，录口供的时候也没有提到她。"

"约瑟夫，你别忘了，"德拉说，"不管小偷是谁，都必须从提塞尔的脖子上拿到钥匙才行。他一口咬定是我干的，是因为我有点喝醉了，在离开聚会之前亲了一下他的脸。他认为我乘机拿走了钥匙。"

"我没有忘记这一点。但是聚会时大家都会有近距离接触的机会。当时我们这么多人都挤在一个房间里，谁都有可能接近他。"

"在他没有察觉的情况下，也许有可能。但如果是他没邀请的客人，他难道不会有所警觉吗？"

161

"也许不会。毕竟，大家都喝得很醉。但有一点我可以肯定，如果是男人干的，本杰明肯定会有所警觉。但我认为女人很容易就能搂住他的脖子，也许是在跳舞的时候，就这样偷偷地顺走钥匙。"

"你认为小偷是和他跳舞的人？他难道和小偷跳了舞，却没有意识到小偷不是自己的客人？这要到很晚的时候才有可能。因为聚会最后大家都会喝得烂醉如泥，意识模糊。"

"本杰明非常坚信，只有你才有机会从他脖子上拿走钥匙。但现在我明白了其中的原因，在他潜意识里，他希望是你偷走了画，因为他一直在找借口把你赶出剧团。如果你正好偷走了他的画，他就可以名正言顺地把赶你走。"

"但我没有偷画。你相信我吗，约瑟夫？"

"我相信，"他答道，把手放在她的手上。"我相信你没有偷画。而且偷画的人是谁，我也有了头绪。"

"是谁？你有怀疑的对象？"

"好吧，让我们整合一下目前的推断。小偷首先是一名女性，因为只有女性才有可能搂住本杰明的脖子，乘机顺走钥匙。其次，小偷只有可能在聚会到很晚的时候下手，也就是你离开之后，因为本杰明喝得够醉，才不会察觉到对方的行为。假设小偷是客人名单上的人，那么她可以在晚上的任何时候偷走画。但这种假设显然是不成立的，因为在场的客人都被搜过身，什么也没找到。但如果假设是外人所为，那么她有机会偷走画的时间段就大大缩短了。

"你是十一点离开的。假设小偷当时已经进屋，但没有被人察觉，她很好地混在了客人之中，那么她有可能跟在你们后面悄悄上楼，当本杰明给你看画的时候，她正在门外偷听。"

他突然打住了。

弗林特凑了过来。"你有结论了？"

"有了。谢谢你抽空回答我们的问题，德拉。我很快会再来找你的。"

"到底是怎么回事？"当两个人风风火火地离开石榴剧院时，弗林特问道，"你怎么没有问开枪的事？我还以为你至少会提一下昨晚迪弗雷纳的谋杀案呢。你已经知道是谁偷走那幅画了？"

"应该说我目前确定了谁没有偷画。德拉看到《诞生》这幅画很震惊，画中描绘的母亲和孩子让她触动了，所以她从房间里冲出来，第一时间跑去找心理医生。她终于发现自己承受的压力有多大，也意识到自己再也承受不住了。从这里我们可以推断出德拉去找里斯医生的动机。她当时受到了精神冲击，突然变得激动起来，因此产生强烈的冲动，同时内心痛苦万分。因为她在画中母亲的脸上看到了自己，所以匆忙地离开提塞尔的聚会，立刻横跨伦敦赶到里斯医生的家里。他是德拉唯一可以坦白秘密的对象，也是她唯一可以依靠的人。她需要帮助。但她到了多里斯山后，却发现里斯医生被杀了。一切都晚了。所以她很自然地选择对警方保持沉默。

"根据这一点，我们把疑点都连接起来了：她想从斯滕豪斯那里借钱，是为了支付自己拿掉胎儿的手术费用，这是一劳永逸的办法。但我相信，即使你再怎么逼问她，她也绝不会说自己借钱的用途。"

"如果事实如此，那你的意思是说，她不是偷画的小偷，也和里斯医生的死没有关系？"

"我就是这个意思。"

"那是谁干的？"

"好吧，我对小偷是谁有了点眉目，但我们要小心行事，而且要保持理性。我需要找马库斯·鲍曼谈谈。"

他们在摄政街的罗宾逊俱乐部找到了鲍曼。他正在打台球，喝着苏格兰威士忌。探长匆匆说了几句话，鲍曼就跟着他们来到走廊，找了个安静的地方交谈。

"又怎么了？我正忙着呢，你们没看出来？"

"就问你一个小问题，鲍曼先生，"斯佩克特礼貌地微笑着说，"请告诉我，你为什么要骗我们？里斯医生遇害的那天晚上你在哪里？"

鲍曼显然没有料到这个问题。"你在说什么？"

"我们知道，你最初说自己整晚都和利迪娅在一起，但事实并非如此。有目击者告诉我们，你们在帕尔米拉俱乐部的舞池里引起了骚动，但你们并不是在跳舞，对吗？你们吵架了，而且吵得很凶，然后她抛下你自顾自走了，伤心地冲出了夜店。你想追上去，但是没赶上，对吗？你在伦敦的夜色中跟丢了她，于是只好自己打车回了多里斯山，对吗？当时你全程都是一个人。如果我有哪一点说错了，请你一定要指出来。"

鲍曼咽了口唾沫。"我发誓，这只是善意的谎言。我没有杀害里斯医生，她也没有。"

"确实没有，但你也确实低估了她的智商，对吗？她一眼就看穿了你拙劣的演技。也许她还很喜欢玩弄你。她当然知道德拉·库克森的事，我们知道她读过她父亲的笔记，还和他深入讨论过，所以她也知道德拉有盗窃癖。

"好吧，让我们回到案发当晚，看看到底发生了什么。首先，你和利迪娅出去吃晚饭了，据我们所知，在用餐期间你们还好好的。但后来你们离开萨沃伊餐厅，去了帕尔米拉俱乐部。从这时起，就没有证人能证明你们两个的行踪了。但我们知道你们喝醉了，还大吵了一架。因此，我们无法证实你们整晚都一起在帕尔米拉俱乐部。"

弗林特觉得自己有点被忽视了，于是插了一句："他们没有直接回多里斯山……"

斯佩克特竖起一根手指："没错！利迪娅没有直接回去，而是去了本杰明·提塞尔的家，那里离苏活很近。"

"她为什么要那么做？"

斯佩克特转向弗林特。"不难想象，利迪娅向未婚夫质问婚外情的事情。他当然否认了，对吧，鲍曼先生？但她知道他在说谎，所以她离开了夜店。她知道当晚提塞尔在举办聚会，因为先前提塞尔邀请过她的父亲。她一定是步行过去的。在那条宁静而昏暗的街道上，她很容易找到聚会的位置，因为当时提塞尔的房子里音乐声很吵，而且灯火通明。

"于是，她很轻松地混进了聚会现场，因为她穿着华丽的晚礼裙，还带着个人特有的优雅和尊贵气质，所以轻而易举地从女仆身边溜进了公寓里。利迪娅一进去，就远远地观察德拉的情况。随后，她跟着提塞尔和德拉上楼，躲在房间门口偷听两人对话，甚至可能通过门上的锁孔偷窥到房间里的情况——房内的两人当时正在欣赏《诞生》。提赛尔自己也记不清当晚和多少女士跳过舞了，自然也记不清是谁顺走了钥匙。但他只给德拉看了画。只是提塞尔没想到当时还有第三者在场。于是，利迪娅不费吹灰之力就偷到了钥匙溜回楼上，打开门找出《诞生》并且偷走了它。"

"等一下，"弗林特说，"她是怎么把画带出房子的？我们基本可以确定，她不可能瞒过女仆的眼睛。"

"是的，恐怕我一开始就想错了。我一直固执地以为，画是连带着画框一起被偷走的。"

"你是说，她把画从画框里切下来了？"

"没错。我不确定她到底用了什么工具，也许是一把小剪刀，甚至磨尖的指甲都有可能办到。说来有些惭愧，但我相信真相就是如此。"

"所以画框肯定还留在房间里？"

"按理说是的。但为了进一步混淆视听，她决定把画框也一并偷走。"

"怎么偷？"

"利迪娅觉得画框没有任何特殊价值。对她来说，画框只是累赘，画才是她计划要偷走的真正目标。因此，她一旦把画从镀金木框里取出来后，就将画框切成了四小块，然后一块一块地从窗户扔出去。画框的碎片掉到外面人行道上发出的声响，肯定被爵士乐和聚会的欢闹声掩盖了。然后，利迪娅锁好窗户，把画卷起来塞进晚礼裙里匆匆离开了聚会，与她来时并无二致。当然，她离开提塞尔的公寓后，顺路回收了街道上的画框碎片。接着她就回家了，大概是在路上直接把画框扔掉了。她一定对自己的手法感到很得意。"

弗林特在走廊上来回踱步。"确实有这种可能。提赛尔认为只有德拉知道画放在哪里，所以自然只会怀疑她。而每个留在现场的客人都被警察搜了身。因此这起盗窃事件看起来像是不可能犯罪，但事实上并非如此。"

"没错！"斯佩克特兴奋地说道。

"但还有疑点没有解释清楚。利迪娅一路回到多里斯山，画应该就在她身上。那么她到底把画藏到了哪里去呢？"

斯佩克特又转向鲍曼问道："偷走《诞生》的人是利迪娅，没错吧？你替她打了掩护。她从夜店去了提塞尔家，对吗？她原本打算和德拉当面对质，把这件丑事公之于众。但是，她在女仆没有注意的情况下溜进了提塞尔的公寓里，跟着提赛尔和德拉上楼时，她想到了一个更好的计划。她知道德拉是一个小偷小摸的惯犯，决定借此机会栽赃德拉——原谅我说得比较直接。她把画藏了起来。现在，那幅画还藏在那里，对不对？"

马库斯脸色苍白，看起来快要崩溃了，仿佛连胡子都枯萎了。然而当他开口说话时，他的声音听上去却非常清晰，不再装腔作势。"正如你所说，我打车回到了多里斯山。不知你是否还记得，我前一天晚上就把自己的车留在了里斯医生家，然后带着利迪娅打车去吃晚饭的。我就坐在自己的车里等她回来。我一个人不敢进屋去，因为我不想在里斯医生面前出丑。我不知道利迪娅去了哪里，也不知道她做了什么，但我肯定她最后会回家。所以我觉得坐在车里等她是最保险的做法。"

"所以当你们见面时，你们一起进了家门，就好像那天晚上你们一直在一起。"

马库斯点了点头。"当警察赶到现场时，我才意识到出大事了。起初我以为利迪娅做了什么傻事。我是指肢体冲突，比如她和德拉扭打了起来之类的。但当我们一起踏进家门时，我才知道她父亲出事了。我们一句话都没说，因为我和她都不可能也不会杀害她父亲。但同时，我们都没有充分的不在场证明，无论换作是谁都会做出同样的选择，也是唯一明智的选择——我们两个都说了谎，为对方提供了不在场证明。"

"老实说,"斯佩克特停顿了一下说,"如果我面对这种情况,也难免会这样做。但这就意味着在案发当时,你就在里斯医生家外面的车里。"

鲍曼一时之间沉默了。他在认真地思考,仿佛可以听到他大脑中的齿轮在吱嘎作响。"我想是的。"

"那么你有可能看到凶手离开。"

"是的,可能是的。"

"所以你看到了吗?"

"我看到的人可能是凶手。但我没法告诉你们他是谁。"

"让我猜猜,该不会是一个戴帽子穿大衣的神秘人吧?"

"在十一点四十五分左右,有一个人从里斯医生家的正门走出来。大约一分钟后,另一个人从房子侧面走了出来。两个人一前一后,朝同一个方向离开。"

"等一下,"弗林特说,"从正门离开的就是那个神秘客人。但从房子侧面走出来的人是谁呢?"

"我看不清对方的脸,但是他一定是从房子的侧面离开的,也就是从房子的后院走出来的。"

弗林特和斯佩克特面面相觑。"鲍曼先生,你想清楚再回答我,"弗林特说,"第二个人是谁?"

鲍曼缓缓地摇了摇头。"我真的不知道,抱歉。我知道你们想听到肯定的答案,但我真的说不上来。当时正好在下雨,而且他把帽檐拉得很低。"

"但他肯定是从里斯家的后院走出来的。"

"绝对是的,这第二个人似乎是跟着正门出来的第一个人离开的。"

弗林特和斯佩克特都在思考同一件事：他说的也许是真的，第二个神秘人很可能是从后院离开的，毕竟他们在后院发现了两组脚印。但他不可能是从书房的落地窗离开的，因为当时落地窗是从里面反锁，而且花坛里是一片泥地，凶手经过泥地会留下脚印。当然，两组脚印都离房子有一段距离。

"后来呢?"斯佩克特问道。

"你是说这两个神秘人离开之后？我又盯着房子看了一会儿。我当时想，离开的两名神秘人里肯定有一名是里斯医生。但现在我知道自己错了。"

"然后呢?"

"然后德拉就来了。我看着她敲门，那个女管家——我不记得她叫啥了——让德拉进屋了。"

"然后呢?"

"过了一两分钟，我听到了一声尖叫。是女人的尖叫声，就是从屋里传来的。于是我赶忙下车，沿着小路跑到房子侧面，到了后院里。"

"所以第二个神秘人在后院留下了一组脚印，而你留下了第二组脚印，"弗林特说，"现在两组脚印的主人都找到了。"

"是的，我确实留下了脚印。不过，当时我还没跑多远，就听到身后有人在叫我。"

"我当然吓了一跳。但我一看，原来是利迪娅，她正站在路边。我跑过去吻了她，请求她原谅我。我提议要不要进屋避避雨。但她说不行，她还不知道怎么面对她父亲。"

"那你们怎么办?"

"我们回到我的车上，我们并肩在车里坐了一会儿，谁也没说话。直到警察来了，我才意识到房子里肯定发生了什么大事。于是我们进了屋，假装我们整晚都在帕尔米拉俱乐部，刚刚一起打车回来。"

"你们就没有问对方离开夜店到底去做了什么吗？"

"到第二天才问的。问了以后她才告诉我她昨晚去了提塞尔的家，还说自己偷了一幅画。"

"你呢？"

"我能说的不多。她父亲死了，其他事情似乎也没有那么重要了。我告诉她，我宁愿假装这一切都没有发生过。"

"先生，恐怕这是不可能的。"弗林特说。

"鲍曼先生，"斯佩克特说，"请告诉我。画现在藏在哪里？"

"我不知道。我向你发誓，我不知道她把画藏到哪里去了。"

没办法，弗林特和斯佩克特还是回到了里斯家里。奥利芙疲惫地打开了门。

"利迪娅在家吗？"弗林特问。

奥利芙点了点头。"在书房。"

"特纳太太，"斯佩克特说，"在你带我们去书房之前，我想请你帮个忙。"

"什么忙？"

"你能帮我看看这张照片吗？"他递给她的照片上是一位刚迈入中年的英俊男子。他的眉宇间透着一股傲气，后退的发际线带着一点灰白。女管家仔细地审视了一番。"你认识这个人吗？你见过他吗？"

她慢慢地凑近照片仔细端详。"没有，"她沉默了一会儿说道，"没有，难道我应该见过吗？他是谁？"

"你确定？好好想一想。"

"我很确定。我可以肯定地告诉你，我从没见过这个人。"

斯佩克特收回照片，放进口袋。"谢谢。"他没告诉她，那张照片是失踪的男演员埃德加·西蒙斯的照片。她没有再说话，带着他们来到书房。

"里斯医生。"

利迪娅坐在书桌前，正埋头查阅文件。当她抬起头来的时候，斯佩克特注意到她的脸颊有些发红。"换作以前，我听到这个称呼的第一反应肯定是以为有人在叫我的父亲。"

"你需要一些时间来适应。"

她若有所思地侧过脑袋。"是的，我已经开始适应了。我父亲的书房现在是我的了，而明天我将接诊第一位病人，我会尽我所能帮助她。"

"难不成是德拉·库克森？"

"这可不能透露，我不能违反心理医生的职业操守。我相信你能理解。"

"我注意到你摘掉了订婚戒指。"

"你真是一个神探。"

斯佩克特微微鞠躬，谦虚了起来。"对不起，虽然这不关我的事，但我这双老眼睛就是会注意到这些事。"

"我不觉得有什么难堪的。我父亲对马库斯的看法是对的，他的眼光一向很准。马库斯的确确背叛了我。我想，你刚才提到德拉，是因为你知道马库斯和她有一腿吧？马库斯还以为我蒙在鼓

171

里。很长一段时间，我把怒火发泄在除了马库斯以外的每一个人身上。我现在正在尽力补救我犯下的错误。"

"我理解。"

她微微一笑。"不，你不理解。你以为你理解而已。我摘掉戒指并不是因为马库斯。"

"而是为了纪念你的父亲。"

"也许的确是这样……"她缓缓说道，"你说得没错。"

"但整件事中还有一个问题没有解决，"斯佩克特继续说，"我们依旧没有找到《诞生》。"

"你是说那幅画？"

"不妨直说，我知道是你从提塞尔家里偷走了画。我知道你在帕尔米拉俱乐部甩掉马库斯后就去了聚会。当你回到多里斯山时，画一定就在你身上。你到底把画藏到哪里去了？"

利迪娅笑了笑。"既然都被你猜到了，你肯定也知道画藏在哪儿了吧。"

"没错，但我还是希望你能亲口告诉我。"

她看着两人，露出了谜一般的微笑。

第十四章　消失之术以及魔术师的鸟笼

"我们可以直接逮捕她的。"在离开多里斯山的车上，弗林特说道。

"是的，当然可以，但只能以盗窃罪的名义。"

"我们这么兜兜转转了一圈，你觉得谁是真正的凶手？"

"我觉得……也许我们现在是时候再找一下克劳德·韦弗了。"

他们到了韦弗家，女仆带他们进了屋。克劳德在阁楼上，显然正在努力创作新作。罗斯玛丽在客厅里，弗林特和斯佩克特也到客厅里等着。韦弗听说有人来访，很快就下来了。

弗林特开门见山地问克劳德："你昨晚人在哪里？"

"昨晚？"韦弗刚要坐下，"你不会是想告诉我，昨晚又有人被杀了吧？"

"请回答我的问题，先生。"

"我昨天一整晚都在家里。"

"有人能给你作证吗？"

"我的妻子。"

"我可以作证，"罗斯玛丽说，"探长，你有些咄咄逼人了。"

"事态严重，恐怕我没有时间和精力和你们寒暄了。韦弗先生，还有其他人能证明你昨晚在家吗？"

"没有了。"

弗林特紧绷着下巴。"我明白了。对了，你认识一个叫皮特·霍布斯的年轻人吗？"

"皮特·霍布斯？没有，我对这个名字没什么印象。"

"也许你看看照片就想起来了。"弗林特拿出一张照片，照片上是电梯操作员的尸体，尸体的脸庞很消瘦，眼睛紧闭着。

"我的天。"韦弗喘着气。罗斯玛丽吓得移开了目光。

"请问，你见过这人吗？"

"他……他是怎么死的？"

"被人勒死的，凶器是一根绳子。"

"真吓人。"罗斯玛丽说道，也许她只是在自言自语。

"不，我从没见过他。"

"你确定吗？他是迪弗雷纳公寓的电梯操作员。"

"我从没见过他，也没去过你说的什么迪弗雷纳。我不太出门。"

"确实如此，"罗斯玛丽插话道，"除非有重要的事，否则他基本不会出门。我们结婚以来他一直如此。"

"但我的想象力能带我去很远的地方，"韦弗说，"甚至是异域奇境。"

"你写过关于谋杀的内容吗？"弗林特狡黠地挑了挑眉。

"我几乎只写这个。你可以去问伦敦文坛上任何一位想要成功的小说家同样的问题，他们都会给出相同的答案。因为大众读者喜欢看血腥的谋杀，写这种小说能赚钱。"

斯佩克特扫视着韦弗的书架，这些书的名字看着就血淋淋的，仿佛鲜血都能从书脊上滴下来似的——《致命上升》《血染的偶像》

《莫德莱克凶案》《看不见的敌人》。斯佩克特随手取下一本名叫《丹比的恶魔》的书，封面上画着一个如同蜡像般美丽的年轻女人，面对一个张牙舞爪的黑影瑟瑟发抖，背景是花哨的色彩旋涡。

"那是我的第一部长篇小说，"韦弗说道，他的目光越过斯佩克特的肩膀，注视着封面，"就像所有作家的处女作一样，这本小说缺乏一定的写作技巧，但我的创作热情弥补了这一缺点。"

"我读过这本书，"斯佩克特说，"我觉得故事的氛围不错，环境的描写也非常出色。"

韦弗微笑了。"谢谢你的夸奖。其实我压根没有去过书里写的地方，只是通过照片将其中的场景想象出来而已。我只要看一眼照片，就能抓住这个地方的环境特点。"

"先生们，我可没有骗人，"罗斯玛丽打断道，"我丈夫昨晚一直都在家里。如果你们不相信可以去问家里的仆人，他们会很乐意证实这一点的。"

"我现在就去。"弗林特说完，像一阵风似的离开了客厅。

"现在情况越来越离谱了，"弗林特在回去的路上抱怨道，"线索太多了，我没法把它们一一串联起来。"

"你说得对，"斯佩克特说，"我们面对的谜团充满着复杂的线索，线索之间可能存在着关联。但从整体上看，谜团中有太多相互矛盾之处，过于复杂，充满假象。"老魔术师露出了疲惫的笑容。"对了，弗林特。你这次确实委托给我一个高难度的案子。虽然这案子的确很精彩，但……"他揉了揉疲惫的眼睛。

斯佩克特不想马上回家，于是让弗林特把自己送到了黑猪酒吧里。斯佩克特目送探长开车驶入暮色之中，然后回到隔间的固定座位上，吃了一份豌豆火腿馅饼。在饱餐后，他又喝了几杯黑啤酒。香浓而焦黑的酒刺激着他的大脑，宛如煤炭加进了火车头里一样。

约瑟夫·斯佩克特在八点钟离开了黑猪酒吧，他的心情明显比来的时候开心多了。他穿过昏暗狭窄的街道，走了一小段路，来到了位于朱比利的家。

他走近房子的时候，注意到了克洛蒂尔德在门廊留的灯。他沿着石阶往门口走去，突然听到了一连串急匆匆的脚步声，那并不是他发出的声响。但他没有停下脚步，也没有回头看。

"打扰一下……"

斯佩克特依旧没有回头。

"打扰一下！"

最终，斯佩克特还是没能把钥匙插进锁孔。他转过身，只见身后的克劳德·韦弗正跑上台阶，脸上带着焦虑不安的神情。

"韦弗先生，你在这边做什么，你一直在跟踪我吗？"

"斯佩克特先生，不好意思打扰了，让我们进屋再说。我要和你谈谈，情况紧急。"

斯佩克特打开门，把韦弗带进了屋里。

他们走进客厅，韦弗情绪激动，显得很紧张。"你锁好门了吗？"他突然问道。

"当然锁好了。"

"别人应该进不来吧？"

"进不来。你能告诉我到底是怎么回事吗？"

韦弗此时上气不接下气，肩膀还在颤抖。

"请坐。"斯佩克特温柔地安慰道。

韦弗瘫坐到扶手椅上，一直在喘气。

"我打电话叫克洛蒂尔德过来，我给你倒点茶。"

"不，我需要更刺激的东西。"

斯佩克特点点头，从酒柜里拿出一个雕花玻璃酒瓶，在炉火下闪闪发光。他往一个玻璃杯里倒了一些威士忌，递给韦弗。韦弗站起来一饮而尽，坐回到椅子上，他的脸终于恢复了血色。

"我去了黑猪酒吧。他们把你的地址给了我。斯佩克特先生，我需要你的帮助，有人一直在跟踪我。"

"你有什么依据吗？"

"他已经跟踪我好一段时间了。我不知道他到底是谁，也不知道他要做什么。你要明白——我不能当着我妻子的面和你说，这件事必须要保密。我不知道如果事情被人发现了，我该怎么办才好……"

"跟踪你的人——现在就在外面？"

韦弗点头。"但请你别出去找他，不然他就知道我发现他了。"

"他长什么样子？"

"我看不清他的脸。他穿着一件黑色的长大衣，戴着一顶帽檐很宽的帽子。"

"你什么时候开始注意到有人跟踪你的？"

"大约一周前。"

"明白了，"斯佩克特思考了一下，"你在这里等着。"说完，他朝着正门走去。

"你要干什么？"

"你待在这里别动。"当韦弗在客厅焦急地等待的时候，斯佩克特轻手轻脚地走到走廊里，透过窗帘偷看外面——街道上很安静，灯夫正忙着用火把点亮路灯，火光照亮了暧昧的暮色。但在街道的远处，有一个身影站在暗处，就像韦弗描述的那样，那是一个穿着长大衣、戴着帽子的男人。

斯佩克特离开窗边，转身去打电话。他静静地等接线员接通苏格兰场。大概过了四十秒钟，电话接通了。

"怎么了，斯佩克特?"弗林特问道，声音中带着疲惫和紧张。

"我需要你马上来一趟，"斯佩克特说，"带几个制服警员过来。"

"为什么? 出什么事了?"

"现在韦弗在我家里，有人跟踪他，"斯佩克特想到了什么，补充道，"从南边的侧门进来，那人在房子正门外边盯着。"

"是谁?"

"我们也不知道。但是这人的打扮完全符合神秘客人的样子。他也可能是昨晚跟踪斯滕豪斯的人。"

弗林特没有听完，就挂断了电话。斯佩克特挂了电话，回到客厅里。

韦弗坐着，期待地看着他。

"弗林特过来了。"

"什么!"韦弗猛地站了起来。

"别担心，我们会查清楚的。他应该十分钟左右就到，我们现在等他来就好。"

"斯佩克特，你不明白。我不知道那人是谁，但是我大概能猜到，如果你明白我的意思……"

"你最好和我坦白一切。"

"我说不出口! 拜托了，这事我没法说。不能让任何人知道……"他几乎要歇斯底里了。

两人焦急地低声交谈着，生怕街对面的那人会听到似的。当有人敲厨房门的时候，他们吓得跳了起来。斯佩克特慢慢地走到屋后，悄悄地让弗林特探长进来。"我派人守在朱比利的街口。他们在等我的信号。"

"很好，"斯佩克特说，"来吧。"

他带着弗林特经过客厅，只见韦弗还呆坐在原地，接着两人来到走廊里。斯佩克特走到窗边。"你看看。"

弗林特凑了过去，鼻子贴着玻璃。"我看到了，"他说，"这回我们可不能再让他跑了。"

"你看他是昨天在迪弗雷纳对你开枪的人吗？"

"不太确定。带我上楼，我到楼上给手下打个信号。"

斯佩克特带着弗林特走上狭窄而吱嘎作响的楼梯，来到二楼的客房里，从这里可以看到房子的背面。弗林特从口袋里掏出一个打火机，用长满老茧的粗拇指打开打火机，一小束橘黄色的光闪了一下。"走，我们下楼去。"他低声说。

斯佩克特从楼梯平台的窗户偷瞄了一眼街上的情况。那人还站在原地等待着什么，散发着危险的气息。但他并不知道黑暗正在向他逼近。"我建议你把头低下，"弗林特一边说一边走下楼梯。"外边可能会很混乱。"

但斯佩克特仍然站在楼梯平台上。他眼睁睁地看着警员们逼近那人。最后，弗林特发出尖锐的口哨声，划破了寒夜的寂静。警员们一齐扑了上去。

那人拔腿就跑，但警员们的动作很迅速，一下子把他扑倒在地，其中一名叫德鲁伊特的警员用腿压住了他的身子。他被完全控制住之后，弗林特和斯佩克特才从房子里走了出来。克劳德·韦弗紧跟在他们后边，走路的样子摇摇晃晃，好像随时都会瘫倒。

"等等！这是怎么回事？"那人快要喘不过气来了，嘴里还在吼道。他的帽子也落在了地上，他们这才看清他的脸。他是一个年轻人，大概二十岁。

弗林特站到他的旁边。"很好，我们一直都在找你，小伙子，"说完，他转向警员，"各位，扶他起来。"

他们把他从地上弄起来，由两个警员各从一边押着他。这人很面生，弗林特和斯佩克特都没见过他。他的胡子刮得干干净净，表情看起来有点阴郁，除此之外没有什么明显特征。

"你是谁？你在这里做什么？"

"这是我工作，我正在干活。"

"你有证件吗？"

"有，我叫沃尔特·格雷夫斯。我是一名私家侦探。"

"你在十二号晚上去过多里斯山么？"

年轻人睁大眼睛。"你们是怎么知道的？"

"你是不是一直在跟踪克劳德·韦弗？"

"听着，你们无权扣押我。"

"说实话，是不是有人雇你来的？快回答我。"

"不管你们是不是警察，你们无权逼问我任何问题。我是守法公民，做的是合法的工作，我有执照。"

弗林特转向韦弗，韦弗看起来快要崩溃了。"这应该就是一直跟踪你的人吧？"

韦弗一整个愣住了，只是点点头。

"很好，"弗林特说着，转向被押着的私家侦探，"雇你的人是谁？"

"我说了，我叫沃尔特·格雷夫斯。我为华莱士调查公司工作。"

弗林特气势汹汹地上前，重复道："雇你的人是谁？"

"你无权问我这个问题，我没有犯法。我和你一样，我也是在工作。"

一名警员按着私家侦探的胳膊往后扳。格雷夫斯发出一声惨叫。

"放开他！"弗林特叫道，"办案的时候不要动粗。格雷夫斯先生说得对，我们要有搜查令才行。他的证件看起来没问题。"他把搜出来的证件还给对方。私家侦探皱着眉，把证件塞回夹克里。"如果你不愿意主动透露是谁雇了你，我们会用法律让你开口的。但你可以回答我们其他的问题。你可以说说，里斯医生死的那天晚上你看到了什么？"

"你说谁死了？我什么也不知道，也没听过这人。我的工作就是跟踪克劳德·韦弗，我只是照做而已。"

"那么弗洛伊德·斯滕豪斯呢？你昨天晚上去过他的公寓吗？迪弗雷纳公寓。还是你想和我们回一趟局里再说？"

"听好，有人雇我跟踪克劳德·韦弗，我的目标只有克劳德·韦弗，明白吗？"

"我再问你一次。你和安塞尔姆·里斯医生是什么关系？雇你的人是他吗？"

"不，雇我的人不是什么医生。"

"你这下知道自己有麻烦了，是吗？"

私家侦探耷拉着肩膀，一副认输的样子。"那女的只是让我跟踪他，我没有参与任何违法的事，更没什么命案。"

"你说的女人是谁，是你的雇主？"

"我不能说。"他可怜巴巴地说道。

斯佩克特摊开自己的手掌，里面什么都没有。他握紧手掌，又摊开，凭空变出了一张对折的纸币。"雇你的人是谁?"他温和地重复这个问题。

私家侦探一把拿过纸币，塞进大衣的内袋。"警察查错方向了，雇我的人和案子根本没关系，只是他妻子想跟踪他而已，就这么简单。她觉得他有外遇。"

斯佩克特看着韦弗，才明白韦弗的难言之隐就是这事。"是韦弗太太雇了你?"

"我前面不是说了呀?"

"你跟踪了他两周?"

"是的。我只能说，不管韦弗先生心里是怎么想的，他绝对和谋杀案无关。"

"你怎么知道的?"

"因为我一直在跟踪他。"

"所以那天晚上你跟着他来到了里斯宅邸。"

"十二号吗? 是的。"

"所以他那天晚上的确去过那里。"

"我前面不是说了吗? 他离开餐厅之后就直接过去了。"

"我……"韦弗开始出汗了。斯佩克特和弗林特忽略了他，而是继续问私家侦探。

"他几点到的?"

"十一点十五分。他按了门铃，我看着他进了屋。"

弗林特和斯佩克特面面相觑。十一点十五分，那正是神秘客人上门的时间。可是韦弗不会是神秘客人，因为奥利芙·特纳太太肯定认识他，她应该见过韦弗很多次了才对。

"格雷夫斯先生，然后你看到了什么？"

"我必须要看清屋里发生了什么事，所以我绕到了房子的侧面。"

"等等，所以那天晚上你到了里斯医生家的后院里？"

"是的，我就在后院里，因为房子有一扇落地窗，我能够望见房间里的情况。"

韦弗看起来快要昏厥了。

"你当时离房子有多远？"

"不太近。"

"没有靠近花坛？"

私家侦探摇了摇头。"我当时隔着花坛在远处的树下避雨。但房间里亮着灯，所以我看得很清楚。"

"你看见里斯医生了？"

"当然看见了。我看见那人让韦弗进了书房，然后他们坐着聊了几分钟。"

"然后呢？"

"然后韦弗走了，我便没有再逗留，从房子的侧面离开，重新跟上韦弗。"

"所以，你离开时里斯医生还活着？"

"他当然还活着！"

斯佩克特仔细想了一下。"那你知道他们当时在说什么吗？"

"不知道，但是就我看到的情况来说，他们关系不错，还一起喝酒呢。"

"喝酒？"

"他拿了一个瓶子给玻璃杯倒酒……那种瓶子叫什么来着？"

"玻璃酒瓶。谁倒了酒？"

"你们说的那个里斯医生。他倒的好像是威士忌。"

"他们两个都喝了酒?"

私家侦探点点头。就在这时,韦弗突然晕倒了——毫无征兆地倒在了一边的路上。斯佩克特冷静地打量了一下昏倒的韦弗。

"最好把他抬进屋里。"弗林特说。两名警员将失去意识的韦弗抬了起来,送到了斯佩克特家里。

"好吧,"斯佩克特说,"这么一来,情况又有所变化了。"

"完全同意,"弗林特回答,"我原本是毫无头绪,现在是彻底蒙了。"

"真的吗?"斯佩克特微笑了,"我倒觉得案情一下子明朗了。"

弗林特气恼地呻吟了起来。"你可以走了,格雷夫斯先生,但我们明天需要你来录个口供。"

在激动的情绪平息后,夜色笼罩的街道上只剩下弗林特和斯佩克特二人。弗林特开口问道:"你觉得格雷夫斯的话意味着什么?他显然证明了凶手就是克劳德·韦弗。"

"我认为恰恰相反。"

弗林特皱起了眉头。"可是根据格雷夫斯的描述,韦弗就是奥利芙·特纳说的那个神秘客人。但是奥利芙说自己没认出对方,肯定是弄错了。很显然,她没有我们想的那么可靠。从十一点十五分到十一点四十五分一直在书房里的客人是韦弗,她为什么没认出他呢?他是不是变装了?"

"我想答案很简单,探长。她说自己没见过韦弗,是因为她真的从没见过。"

"但克劳德·韦弗是里斯医生的常客,奥利芙应该见过这三位病人很多次了。"

"这才有趣，不是么?"斯佩克特心醉神迷地微笑着，"我觉得克劳德·韦弗尽管狡猾又不坦率，他实际上是个不幸的人。他一直努力地维持着某种生活方式，但事实证明，他快要维持不下去了。如果说他有罪，这是他犯下的唯一罪行。里斯医生遇害当晚，韦弗简直倒霉到了极点。出版商推测说当时韦弗可能看到了什么东西，才会感到不安，所以匆匆离开了餐厅。让我们暂时忘记出版商的推测，也许促使韦弗离开的原因不是看到了什么，而是他们在讨论的话题。"

弗林特翻了翻自己的笔记本。"他们当时在讨论什么平装书的事。"

"没错。出版商也提到了，当时韦弗的原话是有文化的人能瞧出冒牌货和真东西的区别。"

"他因为这句话所以离开了餐厅?"

"是的，他突然明白了一件事。"

"什么事?"

斯佩克特没有回答。"关于弗洛伊德·斯滕豪斯的梦，还有一个地方让我感到困扰。如果我能弄清这一点，那么整个案子的谜团就全部解开了。我想说的是，我认为他做的那些梦可能还有其他意义，不仅仅是表面看起来那么简单。回答我，弗洛伊德·斯滕豪斯在十二号晚上打电话给里斯医生的时候，里斯医生作何反应?"

"斯滕豪斯大晚上打电话吵到了他，他不太高兴。"

"没错，还有呢?"

"他还是听斯滕豪斯讲完了。"

"很好，然后呢?"

"然后……"弗林特沉思，"然后他把梦记了下来。"

"就是这一点！"斯佩克特打了个响指，"奥利芙·特纳听到了里斯医生打电话的时候在房里做笔记的声音，也就是说……"

"那笔记去哪儿了？"

"没错。如果里斯医生记下了斯滕豪斯说的话，那笔记去哪儿了？大概被凶手拿走了吧。但是为什么呢？难道梦里的某些内容本身就是罪证？但这种假设很奇怪，荒唐至极。那为什么凶手要拿走笔记呢？"斯佩克特笑了起来，似乎明白了什么，"除此之外，书房里还有别的东西也不见了。想想奥利芙·特纳是怎么描述的，再想想你们的搜查结果。"

"我在想。"

"好吧，我再给你一点提示，沃尔特·格雷夫斯站在树下，从远处观察到的情况有限。但他提到了一个细节，是什么？"

这下轮到弗林特恍然大悟了。"酒。他们在喝酒。"

"他用玻璃酒瓶给韦弗和自己都倒了一杯酒。但当你们赶到时，桌上只有一个酒杯，整个书房里也只有一个酒杯。他们到处找过了，不是吗？那第二个酒杯去哪儿了？"

弗林特低头思索。"为什么凶手要拿走其中一个酒杯？"

"也许是出于相同的原因。你只要想通凶手为什么要拿走笔记，就大概能明白他为什么要拿走酒杯了。"

"你已经知道是怎么回事了，对吧，斯佩克特？你能给我一点提示吗？"

"还没有完全想通，但是已经很接近真相了，弗林特，我需要做一些准备工作。"

"准备什么？"

斯佩克特淡蓝色的眼睛在灯光下闪闪发光。"准备最后一出戏。"

插曲
敬告读者

    按照过去的推理小说的套路，此刻应该是我向读者发出挑战的时候了。"所有的线索都已呈现在你的面前了，"我会这样写道，"你能找出杀害安塞尔姆·里斯医生和皮特·霍布斯的真凶吗？你能破解这一桩桩密室诡计吗？"

    如今，这种做法已经过时且老套了。但我又怎能阻挡读者享受阅读的乐趣呢？我的确给出了破案的所有线索，对你们没有丝毫隐瞒。如果你们中有谁想充当一次侦探，现在是时候拿出真本事了。解开谜团没有任何物质奖励，只有在这场曾被智者誉为"世界上最伟大的游戏"①中获胜所带来的那份静默的荣耀。

---

① 此处的智者指的是美国推理小说作家约翰·迪克森·卡尔。他曾在《世界上最伟大的游戏》中将推理小说称为"世界上最伟大的游戏"。

第十五章　最后的诡计

1936 年 9 月 17 日　周四

约瑟夫·斯佩克特给出了非常具体的指示。首先，他要求乔治·弗林特从早上九点就开始工作。探长只好揉着睡眼，强忍脾气，九点过五分就赶到了位于多里斯山的里斯宅邸。杰尔姆·胡克也跟着来了，给他们开门的正是斯佩克特本人。

"先生们，你们能来，我实在太高兴了。"他揶揄道。

"斯佩克特，这到底是怎么回事？叫我们来这里干什么？"

"快进屋。"

他们来到了走廊上。"怎么回事？"

"客人很快就会到，不过现在这段时间我们可以自由行动。利迪娅·里斯去多尔切斯特酒店过夜了。奥利芙·特纳也住到她姐姐家去了。"斯佩克特带着他们来到房子后面的厨房里。

弗林特和胡克有些不自在，交换了一个眼神。弗林特虽然和斯佩克特相处了这么久，还是不能完全信任他。

斯滕豪斯是第一个到的。斯佩克特带他去了客厅，奇怪的是，客厅的小木桌上摆放着一个金属鸟笼。

"斯佩克特先生，到底是怎么回事？我很乐意协助找出杀害医生的凶手，但是……"

"这只小鸟叫普罗蒂厄斯，"斯佩克特指着鸟笼说，"因为它住在普罗蒂厄斯笼子，所以才取了这个名字。普罗蒂厄斯笼子是一种魔术师专用的道具笼子。这只叫普罗蒂厄斯的小鸟和笼子本身一样，身体柔软而灵活，适应力很强。"他用左手托起鸟笼。斯滕豪斯透过狭窄的栅栏，可以看到里面有一只美丽的黄色小鸟。

　　"普罗蒂厄斯当然是有配偶的，我不忍心让这样美丽的生物永远孤独地待在笼里，但今天我们只要普罗蒂厄斯就够了。请随意检查小鸟和笼子。"

　　斯滕豪斯向前凑过去，注视着这只小鸟。小鸟傲慢地望了他一眼，别过脑袋。"灵活?"斯滕豪斯重复了一遍。

　　"可灵活了，它可以随时消失，你看。"斯佩克特打了个响指，笼中的小鸟就不见了。

　　斯滕豪斯猛地坐直了身子，瞪大了眼睛。"你做了什么?"

　　"我什么也没做。正如我告诉过你的，它是自己消失的，等到它想要出现的时候就会出现。"

　　说完，斯佩克特又打了一个响指，小鸟又出现在了笼子里。"请随意检查笼子。"

　　斯滕豪斯照做了。然后，他困惑地盯着小鸟。"它刚才去哪儿了?"

　　斯佩克特柔和地笑了一声，似乎很乐意看到对方困惑的样子。"一个有趣的小把戏，而且很唬人。但是，如果你真的仔细检查一整个笼子，就很容易发现其中的奥秘。笼子是有机关的。小鸟从头到尾都没有离开过笼里，而笼子的顶部和底部都装有镜子。只要我打一个响指，转移你的注意力，同时用另一只手偷偷转动笼子顶部的边缘，移动镜子的位置，镜子就会挡住小鸟，你看到帘布的镜像，以为小鸟不见了。"

斯佩克特耸了耸肩，斯滕豪斯又坐了回去。"你肯定也觉得这个手法很老套。"

斯滕豪斯不好意思地笑了笑。"但你成功骗到了我。"

"你是有意捧场，"斯佩克特说，"但我这个老家伙听得很开心。毕竟，这个经典的魔术手法已经有几千年的历史了。的确，表演出来的效果很出色……"

"你太谦虚了，斯佩克特。我们都要接受自己的长处和短处。我在音乐上很有天赋。而你作为魔术师同样如此，先生。"

斯佩克特笑了。"好吧，我也遇到过不捧场的观众，"他说，"但有一点很重要。你看，不管是活人还是死人，想要从上锁的房间里消失，有很多方法可以做到，我展示的只是其中的一种。"

弗林特在门外谨慎地看着这一切，却不明白斯佩克特的用意。

利迪娅·里斯很快出现了，和她一起来的还有奥利芙·特纳。这两位女士早上在多尔切斯特酒店碰头，一起喝了咖啡，然后就来参加斯佩克特发起的小型聚会。她们似乎对鸟笼和弗洛伊德·斯滕豪斯都不太感兴趣。

接着是开车来的马库斯·鲍曼，从屋里就能听到他的汽车发动机的轰鸣。胡克警员让鲍曼进了屋。他大摇大摆地迈过门槛，没有说话。当他走进客厅时，利迪娅瞥了他一眼，然后转过头去。他一声不吭，坐在了房间另一边的角落里。

"谢谢你能过来，鲍曼先生，"斯佩克特如同东道主一般说道，"我们不会耽误你太多的时间，但说不准你在这里会有所收获。"

弗林特在走廊里走动着，抽着烟斗。当斯佩克特安心地扮演着主人时，探长却在工作，和两名警员一起负责保护这里的安全。

接着到场的是德拉·库克森。经过介绍，病人 A 和病人 B 认识了彼此。他们有些费力又尴尬地聊着天，但斯佩克特很认真地听着每一个字。利迪娅坐在座位上，在清晨的阳光中宛如一尊雕像。马库斯·鲍曼则像个婴儿一样好动，挠挠膝盖，舔一下嘴唇，轻轻地拨开额前的发丝。但他的目光始终紧盯着地面，没有去注意其他的客人。

斯佩克特站在房间中央，清了清嗓子。"女士们，先生们，很高兴带你们认识了我的好朋友普罗蒂厄斯。在开始正题之前，我想表演一个小小的魔术。"他拿出一副精美的扑克牌。"库克森小姐，请抽一张牌。"

德拉紧张地走上前，抽了一张牌。

"现在，把你抽到的牌展示给大家。"

她把扑克朝向众人，门外的弗林特伸长脖子看了一眼，是梅花三。

"很好，"斯佩克特说着，从她手里拿过牌，举了起来，"大家看好了。"

众人注视着他手指间的梅花三。他把牌高高举起，仿佛在进行某种仪式。接着，只听啪的一声，扑克牌在他们眼前瞬间变了样。

现场发出一阵惊呼，随之而来的是困惑的沉默。扑克牌变成一张泛黄的正方形小照片，照片上是一个大概二十岁的年轻女子。弗林特从未见过她。

斯佩克特依旧高举着照片微笑着问道："有谁认识这位年轻女士吗？"

四周一片沉寂。

斯佩克特脸上的笑容渐渐消失，语气中透着寒意："你们中有人认识她。"

他把照片递给德拉，让大家轮流传看。大家你看看我，我看看你，都显得紧张而疑惑。

"她叫芙里达·坦泽，"斯佩克特说，"她就是我们今天聚集在这里的原因。"

"还差谁没来，斯佩克特？"弗林特在走廊里喊道。

"韦弗夫妇。"

"这下他们来了。"

"好极了。"斯佩克特动作飞快地走到窗前，向街上望去。正好，外面来了一辆出租车，韦弗太太正从车上下来。斯佩克特向走廊走去。

韦弗夫妇还没来得及按门铃，斯佩克特就打开了正门。克劳德·韦弗脸色苍白，他经历了昨晚的骚乱，现在似乎还没恢复过来。他的脸上没有任何的表情。

斯佩克特带着韦弗夫妇进屋，胡克警员帮他们敞开门。旁人不知，其实斯佩克特此刻的心情比先前查案的时候都更紧张。在他看来，接下来的事情将会把整起案子推向高潮。

韦弗夫妇的到来如同一声惊雷，瞬间吸引了所有人的目光。克劳德·韦弗逐一打量了在座的每一个人。最后，他的目光落在了其中一位客人身上。"怎么回事？"他喊道，"斯佩克特，你这次又搞什么鬼？"

"恐怕我没有搞鬼，"斯佩克特说，"你看到的就是事实。"

韦弗看着弗洛伊德·斯滕豪斯。

斯滕豪斯坐在位置上一动不动，一句话也没说。他用坚定的目光盯着韦弗，就像是准备进攻的野兽。

"韦弗先生，你认识这个人吗?"斯佩克特问。

"呃……"韦弗一时语塞。他的妻子罗斯玛丽站在他身边，挽住了他的胳膊。最后，韦弗清了清嗓子，用清晰有力的声音说："他是安塞尔姆·里斯。"

斯滕豪斯的肩膀瘫了下来。他还没起身，胡克警员就挡在门口，拦住了他的去路。

斯滕豪斯哼了一声。"先生，别担心，我不会给你们添麻烦的。"说完，他让警员给自己戴上了手铐。

"韦弗先生会以为你是里斯医生，也是情有可原的，"斯佩克特说，"特别是考虑到你俩之前只见过一次面，就是在里斯医生遇害的当晚。韦弗先生，我们知道你就是那个神秘的客人。但是我们没想到的是，那天晚上你在书房见到的人并不是里斯医生。恐怕当时，真正的里斯医生已经昏迷了，正躺在那个木头大箱子里。而在书房里和你说话的人，正是假扮并杀害里斯医生的凶手。"

"等一下，"弗林特说，"这讲不通啊。"

"别急，我会解释清楚的，"斯佩克特继续说道，"请先听我从头说起。"

"就像多数的已婚男人一样，克劳德·韦弗有了外遇。但和他们不同的是，韦弗的情况很特殊。对外界来说，他是一个隐居的名人。乍一听，隐居和名人这两个词有些矛盾。很多人知道他的名字，却很少有人知道他的长相。因此他很好地利用了这一优势。他的妻子渐渐起了疑心。于是，他编造出了一种精神疾病，每当他无法解释自己的行踪时，就说自己陷入了'神游状态'。韦弗太太半信半疑，安排他去看心理医生，反倒是正中了他的下怀。"

"这简直是诽谤!"罗斯玛丽·韦弗喊道。但弗林特注意到她不再紧紧抓住丈夫的胳膊。

"你把我弄糊涂了,斯佩克特。他妻子怎么正中他的下怀了?"

"她安排他每周去见一次心理医生。这样克劳德就有机会出门,离开她的视线范围去搞外遇了。"

"但是,如果韦弗先生没有去里斯医生那里报到,里斯医生当然会告诉韦弗太太,哪怕他迟到了几分钟。"

"没错。但你忘了一点,韦弗是一个擅长编造情节的作家。他同意去看心理医生,假装很担心自己的精神状况,与此同时,他已经开始策划布局。事实上,不管你信不信,第一次到多里斯山来见里斯医生的人就不是韦弗本人。韦弗找了一个经济困难的舞台剧演员,让他假扮自己来见里斯医生,而韦弗就可以躲开妻子,随心所欲去偷情。"

"经济困难的演员……"德拉·库克森重复道,"难不成你是说埃德加·西蒙斯?"

"一点没错。埃德加·西蒙斯前段时间突然匆忙跑路,我猜他已经离开了英国。就好像有人付钱让他赶紧走,你不觉得吗?"

"等一下,"弗林特说,"所以里斯医生在笔记中提到的'病人C'还有'克劳德·韦弗',其实是指他见到的冒牌货埃德加·西蒙斯?"

"完全正确。而且为了不穿帮,埃德加和韦弗会定期互通信息,以确保韦弗掌握治疗的进展。这似乎是个完美的计划,实际上也确实行之有效。毕竟,在很长一段时间内,这个计划都进展得很顺利。但韦弗太太并没有打消疑虑。她发现,仅仅让克劳德去看最好的心理医生还远远不够。于是,她决定采取额外措施。她找到了华莱士调查公司，雇了一位名叫沃尔特·格雷夫斯的私家侦探跟踪自己的丈夫。

"直到谋杀发生的那一周，韦弗才终于意识到格雷夫斯一直在跟踪自己。他的被害妄想症加剧了，他陷入了近乎精神错乱的状态。如果他的秘密别人发现了，他不知道该如何是好。

"这意味着里斯医生有一个自称克劳德·韦弗的病人，里斯医生家里的人也会以为他是克劳德·韦弗，但他并不是真正的克劳德·韦弗。

"真正的韦弗很清楚，私家侦探迟早会找到里斯医生问话，那么一切都玩完了。他很快就出钱让埃德加·西蒙斯走人，以免他碍手碍脚的，但韦弗还是觉得自己没法脱身了，仿佛有一面高墙正在逼近自己。他在九月十二号晚上和出版商共进晚餐的时候，其实他的心理状态非常糟糕。"

"你要指控我什么?"克劳德·韦弗的脸色变得苍白。

"只是外遇而已，韦弗先生。我想你不会否认这些罪行比杀人罪轻得多。"

斯佩克特继续说:"就在你心神不宁的时候，你和出版商讨论时提到了一句'冒牌货'，你一下子受不住了。你跌跌撞撞地走出餐厅，整个人快要崩溃了。你决定前往多里斯山，抓住最后的机会向里斯医生求情，解释一下你的困境，希望他能帮你圆谎，说不定你还打算花钱收买他。所以九月十二日晚上，当你来到这里时，你还从未见过里斯医生，也没见过奥丽芙·特纳。而她对你遮遮掩掩的样子感到很不安。你走进书房时并不知道，你打断了一场精心策划的谋杀案。因为你的到访完全不在凶手的预料之中。其实里斯医生等的人并不是你，或者说他压根没想到你会来。事实上他在等的是病人 A——弗洛伊德·斯滕豪斯。很多年前，当斯滕豪斯先生跟着爱乐乐团在奥地利维也纳巡演时，结识了蛇人的女儿。"

"芙里达·坦泽是我一生最爱的女人，"斯滕豪斯苦涩地说道，"她自杀后，我才知道她父亲自杀的事情，也了解到里斯医生冷酷的治疗手段，里斯医生害死了她的父亲，导致她选择自杀。我只能说，我对里斯医生的怨恨并没有随着时间流逝而消失。"

斯佩克特把话题转向正题。"我们首先要解决的问题是，凶手是怎么进入书房的？这是这起密室杀人案里最简单的部分。我们一开始考虑密室之谜的时候，首先排除了凶手是从书房落地窗进屋的。因为里斯医生在十一点四十五分才被杀害，所以我们推测凶手一定是在下雨后才进入书房的——雨是在十一点左右下的，所以我们才排除凶手是从落地窗进屋的，不然花坛的泥地里肯定会留下凶手的脚印。但是，如果凶手在下雨前就在书房里了呢？里斯医生和斯滕豪斯约定了见面，而且故意把这次见面搞得特别保密，我猜是因为斯滕豪斯告诉了里斯医生他知道了蛇人自杀的事情，而且打算利用这一点来弄臭里斯医生的名声。所以里斯医生才特意指示奥利芙·特纳不要亲自带访客进入书房，因为他不想让她旁听他们的谈话。

"里斯医生没有料到，斯滕豪斯早于约定时间到达。他就是从后院来的，不是房子正门。只是，当时还不到十一点，雨没有下，花坛里的土地还是干的，所以斯滕豪斯在经过花坛的时候没有留下脚印。里斯医生打开落地窗，让斯滕豪斯进了书房。

"里斯医生端来了酒瓶和两个酒杯，倒了两杯威士忌。斯滕豪斯在自己的酒杯里加了安眠药，然后趁里斯医生不注意，调换了他的酒杯。很快，里斯医生喝下了放了安眠药的威士忌，并且开始犯困。当里斯医生意识到自己动弹不得的时候，心里也猜到了是怎么回事。当然，斯滕豪斯非常乐于看到里斯医生这副可怜的样子。

"时间接近十一点十五分，我猜那时外边下着大雨。可以想象，当时斯滕豪斯拿出并打开了自己的剃刀，准备以其人之道还治其人之身。可是突然，他听到有人在敲门，心里恐怕是慌得要命。他赶紧把剃刀折好放回口袋，把昏迷不醒的安塞尔姆·里斯拖进了大木箱里。敲门的人当然就是韦弗，我说的是克劳德·韦弗本人。记住，韦弗从未见过安塞尔姆·里斯医生，一次也没有。所以韦弗下意识以为自己在书房见到的人就是里斯医生。

"我能想象，韦弗看到斯滕豪斯的第一句话就是：'里斯医生，我们之前没见过面，但我想请你帮个忙。'斯滕豪斯立刻意识到了两件事：第一，这位客人把他当成里斯医生；第二，他是来找里斯医生求情的。换句话说，尽管斯滕豪斯知道自己的计划被打乱了，但他依然能够掌控局面。于是，他把稀里糊涂的韦弗引入书房，听他讲述冒牌货的事。接着他想到了一个新计划，他可以借机把自己即将犯下的杀人案嫁祸给这个家伙。于是，他给他倒了一杯酒，当然是用没有放药的酒杯，继续听他坦白。

"当两人谈话结束后，斯滕豪斯让可怜的韦弗从房门走出了书房，韦弗这时候还以为自己刚和里斯医生说完话呢。他从走廊走到正门，离开了里斯医生的家，消失在了夜色中，奥利芙·特纳偷看到了这一幕。就这样，书房里只剩下斯滕豪斯和昏迷的里斯医生。注意，斯滕豪斯接下来的行为没有被任何人看到，因为先前在外面监视的私家侦探已经跟着韦弗离开了。斯滕豪斯把里斯医生从木箱里拖出来，放回到椅子上。这一次，他当机立断，拿起剃刀，直接杀掉了昏迷不醒的里斯医生。

"如果他马上走人，一切都还顺利。但他突然想到，在他原本的计划中，为了给自己伪造一个不在场证明，他还留了一手。没错，书房里桌上的电话在这时候响了。电话是皮特·霍布斯打来的。斯滕豪斯事先收买了他，让他协助自己溜出公寓楼。而且，他让皮特在指定的时间从公寓楼给里斯医生家打电话，让人以为是斯滕豪斯打来的。当然，皮特并不知道斯滕豪斯的杀人计划。这下可好，斯滕豪斯只好假装成里斯医生接起了桌上的电话，模仿他的声音开始和皮特通电话。为了增加电话的可信度，他随手记下笔记，然后意识到自己的笔迹和里斯医生完全不像。因此，当他和皮特说完了预先设定的对话，就挂断了电话，撕走了刚写下的笔记，并且带走了残留着安眠药的酒杯。

　　"打完电话，他知道自己必须要走了。他成功给自己伪造了不在场证明——前提是电梯操作员会守口如瓶。他当务之急是要离开书房。当他正准备打开书房门，从走廊走到房子的正门时，却听到奥利芙让德拉·库克森进屋的动静，两人转头要往书房走来。这下可好，他被困住了。首先，里斯的尸体就在书房里，斯滕豪斯无论如何也不能冒充他。其次，这两位女士马上要到书房了。他赶紧朝落地窗走去。打开落地窗后，他意识到自己也没法从后院离开，花坛里的土地因为下雨变湿了，他肯定会在花坛里留下脚印。不过，落地窗的外面有一小节石头台阶，斯滕豪斯走到石阶上，躲在暗处。这样一来，他就躲到了书房的外面，脚也没有踩进花坛的泥地里。"

　　"那他是怎么从外面锁住落地窗的?"

　　"他根本没有锁，而是用了一个很简单的障眼法。当两位女士看到落地窗的钥匙插在锁孔里，而转动把手也打不开窗户的时候，她们就下意识地认为落地窗肯定是从里面锁住的。斯滕豪斯只是用一根类似于绳子的东西，也许是他自己的领带，缠住落地窗外侧的两个门把手，拉紧领带，就能制造出落地窗打不开的假象。两位女士转动落地窗的把手，发现落地窗打不开，又看到钥匙还插在锁孔里，就会把注意力转向书房，开始搜查书房。这样，斯滕豪斯就可以透过落地窗的玻璃窥视、观察是否有机会逃走。他只等了几分钟，德拉和奥利芙就去厨房了。他看准时机打开落地窗，重新进入书房，同时不忘锁上身后的窗户，让钥匙留在锁孔里。最后，他轻手轻脚地来到走廊里，趁着德拉和奥利芙喝白兰地，从没有上锁的正门离开了。而他发出的动静自然都会被雨声掩盖。"

"可恶，我怎么没想到。"弗林特说。

"但不幸的是，弗洛伊德·斯滕豪斯并没有顺利摆脱嫌疑。皮特·霍布斯是唯一知情的人，可能会把打电话的事和谋杀案联系起来，从而毁掉斯滕豪斯精心伪造的不在场证明。我想你一直都很清楚，你早晚都得除掉皮特，是吗？"

斯滕豪斯似乎很自得。"是的，你说得没错。现在我们再来看迪弗雷纳的那场骚乱是怎么回事吧。安塞尔姆·里斯死的时候，斯滕豪斯可能已经在策划第二次谋杀了。《麦克白》里有句台词怎么说来着？'我已经两足深陷于血泊之中，要是不再涉血前进，那么回头的路也是同样使人厌倦的。'

"但与第一起案子不同的是，他这次谋划的是电梯密室杀人，因此他需要事先对两个东西做一些手脚。一个是他家屋内的门铃，另一个就是电梯。先说门铃，斯滕豪斯先生花了不少功夫改造了门铃，好让门铃在指定的时间自动响起。"

弗林特得意地说："我就知道布里姆碰到的事有蹊跷。当时门铃响了，他去开门，却没有看到人，是斯滕豪斯让门铃自动响了起来，对吗？"

"可以这么说。让我来解释一下具体的做法：当我亲自去拜访斯滕豪斯的公寓时，我注意到窗边放着一个普通的小闹钟。你们可能不知道，普通的闹钟是通过发条弹簧来定时的。斯滕豪斯只要把闹钟里的定时发条装置装进门铃里，就能预先设置门铃响起的时间。首先，他断开门铃的电线连接，拆下了门铃的电子部件，把闹钟的定时弹簧装进去。幸运的是，门铃和闹钟的运作原理差不多，只是没有钟面，但门铃有一个和主发条相连的按钮。一旦装好了定时弹簧，他所需要做的就是先卸下门铃，上好发条，然后把门铃装回到墙上。接下来，门铃就会按照预计的时间响起。至于门铃在什么时候响起，取决于发条上得多紧。我想，当你们敲门的时候，他在屋里没有马上回应，其实是在估算他的计划需要多少时间，然后再给门铃上好发条。他给自己预留了五分钟时间。

"接着，等到弗林特和哈罗离开公寓之后，门铃按时自动响起，布里姆出门去走廊上查看情况。斯滕豪斯便抓住机会实施计划：他拿出原本藏好的左轮手枪，为了避免留下指纹，他是包着手帕拿的。他把手枪从公寓的窗户扔到了楼下的庭院里。因为手枪本身有微力扳机，所以一落地就会开火。而正是这一枪不幸打伤了睡在巷子里的流浪汉。"

"斯滕豪斯为什么设计这么一出？"德拉·库克森问。

"为了让警察陷入恐慌。斯滕豪斯希望当警察发现皮特·霍布斯的尸体的时候，现场的一切情况都显得匪夷所思，同时也排除了他的嫌疑。毕竟在枪击发生的时候，他有完美的不在场证明，和一个警员一起待在公寓里。"

"快告诉我们，"弗林特说，"他是怎么杀害皮特·霍布斯的。"

斯佩克特一本正经地点了点头。"我刚才说道，斯滕豪斯需要事先对两个东西做手脚，一个是门铃，另一个是电梯。你们听说过'吸血鬼陷阱'吗?"

"我听说过。"德拉说。

"我想也是。这个词是舞台表演的术语，指的是一种非常特殊的活板门道具。波利多里改编的《吸血鬼》中首次采用这种道具，因此得名。这种活板门的机关由弹簧片组成，当活板门表面受到压力的时候，门会瞬间打开，接着又会立即合上。他试图把电梯天花板的方形门改造出相同的效果，让活板门受到压力之后会迅速开合。

"他对天花板的方形门做了这样的改造：首先把橡胶垫弯折成九十度，贴合在方形门的活页内侧。他花不了多久就能搞定，趁着皮特偷偷跑去抽烟休息的时候。前台服务员说过，皮特经常会离岗一个多小时。斯滕豪斯把橡胶垫贴合在活页上之后，在方形门上刷了一层新漆，让人无法察觉到橡胶垫。因为最近电梯刚刚维修过，即便有油漆味也不会让人起疑。不用多说，弗林特，你应该记得当我们第一次去拜访斯滕豪斯的时候，他的公寓里有一股油漆味，而且橡胶垫就在他的桌上。只要有这两样东西，他的电梯密室诡计就可以顺利完成。

"下一步，他邀请皮特去自己的公寓里坐坐。他给皮特准备了一杯下了安眠药的酒，先把他弄晕。我们知道公寓楼的五楼没有住人。因此，斯滕豪斯确认自己的公寓和电梯之间的走廊上没有人之后，就把皮特抱进电梯里，坐电梯上到五楼。在电梯上行的时候，他提前打开了天花板上方形门的插销。他带着昏迷的皮特先出了电梯，然后按下了四楼的电梯键，电梯便往下停在了四楼。他撬开五楼电梯的栅栏门，爬到电梯轿厢的顶上。

"他事先准备了一根绳子，打成一个绳圈，一端系在栅栏门上，另一端松垮地缠绕在皮特的脖子上，这些都很容易办到。然后，他关上五楼的栅栏门，走楼梯回到四楼，在自己的公寓给弗林特探长打电话，捏造出有人跟踪自己的谎话——他显然是受到了奥利芙·特纳太太看到神秘客人的启发。这样一来，当警察赶到时，他们会安排警员全程守在斯滕豪斯身边，间接让他有了不在场证明。因此，这起电梯密室其实是一起远程杀人。当弗林特和哈罗乘坐电梯从四楼下去的时候，原本躺在轿厢顶上的皮特就会双脚悬空，整个人会吊起来，而他脖子上的绳圈就会收紧，直接将他勒死。这样一来，皮特的死亡时间正好是斯滕豪斯和布里姆都待在自己公寓里的时候。而且，斯滕豪斯选了一根磨损严重的绳子，皮特悬吊在电梯井里，尸体的重量会持续拉扯绳圈。最终绳圈断裂，皮特继续往下掉，双脚着地落在轿厢的顶上，接着整个人就会顺着方形门掉进电梯内。这样一来，大家会误认为皮特是在底楼被杀害的，通过某种方式被丢弃在电梯里。

"方形门本身足够大，人的身体能够轻松穿过，但如果方形门没有改造成活板门，一旦打开就无法自动关上。毫无疑问，等警察到现场的时候，就会注意到方形门有问题。但是，斯滕豪斯用橡胶垫贴合了活页以后，方形门就成了一个可以自动开合的'吸血鬼陷阱'。当橡胶垫贴合活页的时候，在平时门板没有受力的情况下，活页是被橡胶垫卡住的，所以门看起来就好像是关上并且锁好的。但当皮特的尸体双脚落在方形门上的时候，门板受力会自动打开。而当尸体通过方形门安全地掉进电梯里面之后，受力紧绷的橡胶垫又会松开，带动门板重新关上。

"等到众人发现皮特的尸体之后，斯滕豪斯还剩下一点善后工作。在德拉·库克森吓得侧过身去，而三名警察正在忙着检查尸体的时候，斯滕豪斯乘机伸手，反锁了方形门上的插销。这样一来，警察检查现场时就会认为电梯是完全封闭的密室。他犯罪留下的唯一证据，便是橡胶垫和缠在五楼电梯栅栏门上的绳圈。我相信这两样东西都已经被他事后回收了。"

一时之间，在场的人都沉默了。最后，马库斯·鲍曼打破了沉默。"好吧，一切谜团都解释清楚了，对吧？"

"还没有，"弗林特说，"两起谋杀案确实得到了合理的解释，但那幅被偷走的画到底在哪里？"

"哦，差点忘了这事了，"斯佩克特说，"其实那幅画藏在哪里是一系列事件中最简单的谜团……"

斯佩克特还没有说完，一起突发事件打断了他。原先，斯滕豪斯一直戴着手铐站在原地，表面上是听着斯佩克特如何拆穿自己精心设计的犯罪，其实偷偷把手伸进夹克里摸索起来。只见他转了一下手腕，从口袋里拿出一把剃刀。

他亮出剃刀的速度非常快，在场的其他人都还没有反应过来。下一秒，他已经把刀抵在了德拉·库克森的脖子上，对准她跳动的血管。

"弗林特探长，"他说，"有劳你把走廊里的警员都支开。我要带着库克森小姐出去兜个风。我注意到外面的路上停着一辆黄色的跑车，是谁的？"

鲍曼被突如其来的挟持事件吓住了，只敢看着地板。

"是马库斯的，"利迪娅说，"我的前未婚夫。"

"把钥匙给我，鲍曼先生。"

鲍曼站了起来，把钥匙扔了过去，斯佩克特注意到他的手在发抖。斯滕豪斯接过钥匙，挟持着德拉走向门口。

"别做傻事。"弗林特说。

斯佩克特从客厅的窗户望出去，戴手铐的斯滕豪斯一路挟持德拉·库克森走向黄色的双门敞篷跑车，两人先后上了车。

斯滕豪斯回头看着屋里的众人，脸上带着冷酷的神情。德拉发动引擎，把车缓缓驶离路边。在早晨的阳光下，斯滕豪斯手中的剃刀还闪着光。

汽车开始加速行驶，斯佩克特和其他人跑到街上，看着凶手带着人质扬长而去。就在汽车快要开到多里斯山山路尽头的时候，一声枪响打破了郊区的宁静——汽车的左后轮胎被打爆了。伴随着刺耳的刹车声，汽车驶离马路，在路面上留下两道长长的车胎印。德拉从车门跳了出去，弗洛伊德·斯滕豪斯却没有行动。

汽车撞上了一根铁质灯柱，刹那间，金属撞击和玻璃碎裂的声音回荡在空中。紧接着，可能是油箱漏油起了火，宾客们眼睁睁地看着那辆双门敞篷跑车燃起了熊熊大火。

当所有人确认弗洛伊德·斯滕豪斯葬身火海之后，便把注意力都转向了开枪的人——克劳德·韦弗心甘情愿地交出了自己的左轮手枪，虽然他的身体还在颤抖。

"斯佩克特，你到底想说什么？"弗林特发问。

随后，两个人回到了里斯宅邸的客厅，奥利芙·特纳正在往一排茶杯里放糖。每个人都惊魂未定，需要喝点茶。

"弗林特，我前面的话还没说完就被斯滕豪斯打断了。我刚要和你解释真相。"

"你是说那幅画的事?"

"没错,给你一个提示:现在和里斯医生遇害的当晚,这里有什么不同?当你想通了这一点,答案也就显而易见了。"

弗林特停顿了一下。"什么不同?"

"你想想,我们知道利迪娅是直接从提塞尔家回到多里斯山的,所以她身上肯定带着那幅画。但和现在不同的是,那天晚上下雨了。当马库斯·鲍曼悄悄地绕到房子侧面查看情况的时候,利迪娅有机会接近他的敞篷跑车。而鲍曼当晚肯定为了避免车后座淋到雨而打开了跑车的车篷。那天晚上之后,我们每次看到那辆跑车,车篷都是收起来的。只有那天晚上,车篷是打开的。所以利迪娅只需要把画轻松地滑入展开的车篷布套就行了,真是一个藏东西的好地方。"

弗林特沉默了好一会儿,最后说道:"我明白了。"

他望着窗外那辆被拖走的跑车残骸,仿佛看到了埃斯皮纳的天才之作化为灰烬,伴随着浓浓的黑烟,转而飘向天空。

尾声　魔术师的故事

　　多里斯山的事件告一段落，在弗洛伊德·斯滕豪斯意外身亡的一个月后，弗林特探长邀请约瑟夫·斯佩克特共进晚餐。弗林特费了好一番功夫才说动斯佩克特离开黑猪酒吧，走出自己的舒适区。他们在布朗餐厅用餐——里斯医生遇害的那天晚上，克劳德·韦弗和出版商特威迪也是在这家餐厅里吃饭的。弗林特还记得出版商的倾情推荐，特地点了鲑鱼。

　　"你是怎么看出斯滕豪斯是凶手的？"弗林特问道，"在我看来，这些人似乎都有作案嫌疑。"

　　"是这样的，"斯佩克特吃了一口牛腩说，"斯滕豪斯提到过，他曾跟着爱乐乐团巡回演出，因此去过维也纳。那是一九二七年或一九二八年的时候，他在维也纳邂逅了蛇人的女儿，并爱上她。她是一位漂亮动人的女士，但她父亲的惨剧一直折磨着她，成了她永远难以痊愈的心理创伤。因此，当她选择自我了断的时候，弗洛伊德·斯滕豪斯把她的死归咎于里斯医生，他认为是里斯医生造成了他的爱情悲剧。于是，他对里斯医生的恨意不断滋生。一次偶然的机会，倒霉的里斯医生出现在了他面前，他立刻抓住了机会，故意伪装成一个急需精神治疗的病人。他所做的一切，都是为了给自己的复仇计划打掩护。"

　　"他不是一直在做噩梦吗？那些噩梦有什么特殊意义吗？"

"肯定是有意义的。事实上，我想说的是，这些梦早就对于整个案子给出了暗示，只是我们一开始没有想到。"

"也许这些梦是斯滕豪斯捏造出来的，这样才能骗里斯医生继续给他看病。"

"绝非如此。我想，他为了不让里斯医生瞧出端倪，对于梦的一些细节做了修改，这倒是有可能的。而且，他确实对梦中的一个意象做了修改，或者说是替换——在他的梦里，有一个提灯的恶魔。他告诉里斯医生，那人是他的父亲。但我推测他梦中的这一形象是里斯医生本人。"

弗林特点了点头。"你说得有道理。这些年来，斯滕豪斯对于这位医生充满着各种可怕的想象，当斯滕豪斯第一次见到医生本人，内心一定会产生相当强烈的情绪反应。"

在他们享用餐后咖啡的时候，斯佩克特那双淡蓝色的眼睛又亮了起来，似乎想到了一个顽皮的主意。

"弗林特，在晚饭结束前，我最后给你表演一个小魔术，让我读一下服务员内心的想法。"斯佩克特从胸前的口袋里拿出一块折好的手帕，递给服务员。他又从口袋里拿出一支笔，也递给了服务员。

"小伙子，请拿好手帕和笔去柜台那边。你在 1 到 50 之间想一个数字，然后把数字写在手帕上。明白了吗？"

年轻的服务员瞪大眼睛，眼睛好似餐盘一样亮闪。他点了点头。斯佩克特转过身去，而服务员走向柜台，在手帕上写好号码，并折好了手帕。然后，服务员回来了。

斯佩克特转过身子，眯起眼睛，看着这位疑惑的服务员。"你写的数字是 37。"

服务员眨眨眼，展开手帕，上面的确用蓝色墨水写着数字"37"。

　　斯佩克特微笑着给了服务员一枚银币。"谢谢你，年轻人。"

　　"太神了，"弗林特说，"你是怎么做到的？"

　　"这就是所谓的即兴魔术。你看，这种魔术不需要舞台和幕布，也不需要大礼帽，可以在任何地方表演。"

　　"可你是怎么做到的？"

　　斯佩克特谦虚地低下头，说道："整件事就是纯粹的骗局。那支笔根本没有墨水。我递给服务员的手帕上本来就印着数字37。当他打开手帕的时候，会发现还藏了一枚银币。毫无疑问，他收下了我的贿赂。之后的事情，不用说你也自然明白了。"

　　"哦。"

　　"抱歉让你失望了，但我是魔术师，我们魔术师有一种癖好，是你们普通人没有的。"

　　"什么癖好？"弗林特问。

　　斯佩克特脸上的微笑变成坏笑。"我们喜欢作弊。"

致　谢

借此难得的机会，我要向以下这些推理小说家们表示感谢，他们的作品给我带来了不少灵感和启发，特别是约翰·迪克森·卡尔、埃勒里·奎因、爱德华·D.霍克、海伦·麦克洛伊、黑克·塔伯特、克莱顿·罗森、尼古拉斯·布莱克和克里斯汀娜·布兰德。此外我还要感谢保罗·霍尔特和岛田庄司等"后推理小说黄金时代"的大师们，他们的持续创新足以证明，"不可能犯罪"题材直至今日仍然大有可为。

感谢《埃勒里·奎因推理杂志》和《阿尔弗雷德·希区柯克悬疑杂志》，我在这两本杂志上发表了约瑟夫·斯佩克特系列的短篇小说。我还要感谢所有对于这些作品给出好评的读者们。

感谢我的编辑加布里埃尔·克雷斯肯齐，他对本书给出了极为细致的返稿意见，在文字细节方面有着敏锐的洞察力。我还要感谢罗布·里夫和丹·纳波利塔诺在阅读本书的初稿后给出的意见。

感谢迈克尔·达尔和安娜·特雷莎·佩雷拉对斯佩克特系列故事的赞美、鼓励和长期支持。

感谢乔治亚·罗宾逊、米兰·古隆和迈克尔·普里查德。最后，出于某些显而易见的原因，我要特别感谢奥托·彭茨勒。